附 录

目 录

王蒙大事记 …………………………………………（ 1 ）
王蒙著作要目 ………………………………………（ 65 ）
王蒙主要研究资料索引 ……………………………（ 91 ）

《人民艺术家·王蒙创作 70 年全稿》编辑说明 …………（157）
编后记 ………………………………………… 杨柳（160）

王蒙大事记

(1934—2022)

1934 年

10 月 15 日(农历甲戌年九月初八) 出生于北平一个知识分子家庭。祖籍河北省南皮县龙堂村。父亲王锦第留学日本,毕业于东京帝国大学教育系。母亲肄业于北京大学。姐妹兄弟四人,王蒙排行第二。出生后回过老家。(王蒙的名字是父亲的同学何其芳起的。研究法国文学的何其芳借用了小仲马的名作《茶花女》主人公阿芒的名字,阿芒、阿蒙只是译法不同。按北方人的习惯去掉"阿"字,得名王蒙。)

1937 年

抗战爆发,全家迁回北平。学龄前在香山慈幼院附属幼稚园受教育。

1940 年

入北京师范学校附属小学,学习成绩优异。

1944 年

热衷背诵《唐诗三百首》《大学》《苏辛词》等,开始阅读《崆峒剑侠传》《小五义》《大宋八义》《七剑十三侠》以及《少林十二式》《八段锦》,郑证因的《鹰爪王》、宫白羽的《十二金钱镖》、雨果的《悲惨世界》及《爱的教育》《安徒生童话集》《格林童话集》《木偶奇遇记》等书籍。渐渐对冰心、沈从文、丁玲、鲁迅的作品产生兴趣,开始喜爱文学。写旧体诗《题画马》。

1945 年

夏天,跳级考入私立北平平民中学。

开始阅读鲁迅的杂文,巴金、曹禺、茅盾、许地山、朱自清、刘大白以及胡适等人的作品。

1946年

在北平全市中学生演讲比赛中获第一名。

与地下党取得联系,开始阅读马克思主义的小册子、毛泽东著作和革命文艺作品,如《新民主主义论》《论联合政府》《社会发展史纲》《大众哲学》《白毛女》《李有才板话》《士敏土》《铁流》《延安归来》《孤村情劫》《虹》《妻》《钢铁是怎样炼成的》《苏联儿童之保护》《苏联纪行》等。

1948年

中学毕业,拿到一生中唯一的毕业文凭。

初中毕业后,同时考上北平市立四中和省立河北高中。根据地下党组织的意见升入河北高中学习。

与秦学儒办手写本刊物《小周刊》,被国民党查禁。

10月10日 加入中国共产党,成为候补地下党员。立志做职业革命家。

阅读徐订的作品。

散文《春天的心》载《一九四八年北平平民中学年刊》,为该刊刊登的唯一一篇学生作文。

1949年

1月31日 北京和平解放。参加迎接解放军入城,看到了毛泽东主席。出席北平地下党员大会,听彭真、林彪、聂荣臻、叶剑英、赵振声等演讲。出席由周恩来作的传达中共七届二中全会精神的报告会。

3月 中断学业参加工作,任新民主主义青年团北京市筹备委员会中学委员会中心区委员。

8月 被派往良乡县中央团校二期十五班学习,听李立三、王明、邓颖超、冯文彬、孙定国、艾思奇、田家英等讲课,有了"亲农"的经历。

10月1日 作为腰鼓队员参加中华人民共和国开国大典。

第一次在学校的话剧演出中担任演员。

1950年

4月 从中央团校毕业,和全体学员一起受到毛泽东主席接见。

5月 被分配到新民主主义青年团北京市筹备委员会(后称)工作委员会第三区团工委工作,担任中学部(后组织部)负责人。

在北海公园初次认识崔瑞芳。

1951 年

7 月　在一次学生干部会上,正式结识北京市女二中的学生团干部崔瑞芳。

1952 年

8 月　组织马特洛索夫夏令营,露营结束时写的报道寄给了《北京日报》,变成了两条简讯。这是王蒙解放后第一次给报社投稿。

发表短篇小说《礼貌的故事》。

1953 年

3 月　写诗《斯大林还会回来》。

11 月　任青年团东四区委副书记。开始写长篇小说《青春万岁》。

1954 年

年底,完成《青春万岁》初稿。

1955 年

在《人民文学》发表儿童小说《小豆儿》。这是第一次在文学刊物上发表作品。

尝试写话剧剧本失败。

1956 年

4 月　参加全国青年文学创作者会议。

5 月　被评为北京市青年社会主义建设积极分子。

9 月　在《人民文学》发表小说《组织部新来的青年人》(后改题为《组织部来了个年轻人》)。该文入选中国作协编选的 1956 年年度小说选。

在作家萧殷和萧也牧的关怀和帮助下,获得半年创作假,修改《青春万岁》。

12 月　调四机部北京 738 厂(北京有线电厂)任团委副书记。

发表短篇小说《冬雨》。

1957 年

1956 年底至 1957 年初,《文艺学习》《人民日报》等多家报刊对《组织部新来的青年人》展开了热烈讨论,仅《文艺学习》一家刊物便收到三百多封读者来信,大多数是肯定这部作品的,也有的提出了严厉批评。北京市文联就这篇小说召开了座谈会。

此事引起毛泽东的关注,他认为作品写得不错,小说批评工作中的缺点,这是好的,但正面人物没有写好。

1月28日 与崔瑞芳在北京结婚。

被邀请参加中国作协党组扩大会议,批判丁玲、陈企霞。

写小说《尹薇薇》,未能发表。(后发表于《十月》杂志1989年第4期,改名《纸海钩沉——尹薇薇》并获得冰熊奖。)这篇小说标志着王蒙青年写作时期的结束。

11月 回团市委参加运动,被批判。

1958年

5月 "反右"运动后期,在没有发表任何反党言论的情况下,被错划为右派分子,开除党籍。

8月 下放到北京市门头沟区斋堂公社军饷乡桑峪村劳动锻炼。

10月14日 长子王山在北京出生。

1959年

春季,到门头沟区潭柘寺附近的南辛房大队一担石沟市委造林大队劳动。学会骑马。

1960年

在北京大兴县三乐庄市委副食生产基地劳动。

7月2日 次子王石在北京出生。

1961年

秋天,被摘掉"右派分子"帽子。

1962年

春天,调回城里,参加青年生活文娱学习婚姻等方面情况调查组,到房山、延庆等地调研。写短篇小说《夜雨》《眼睛》并发表。

9月 分配到北京师范学院中文系做王景山先生的助教,写《雪的联想》(1982年发表在《飞天》杂志)。尝试学英语,没能坚持。

1963年

10月 参加全国文联组织的"反修防修"读书会,在会上决定到新疆去。

12月 举家西迁新疆。被安排在新疆维吾尔自治区文联工作,任《新疆文学》编辑。在从北京到新疆的火车上作旧体诗《赴新疆》八首。

1964 年

3 月　到吐鲁番等地深入生活。

6 月　到塔克拉玛干大沙漠南缘的模范公社——麦盖提县红旗公社住下。学会用维吾尔语唱维吾尔族民歌《阿娜尔姑丽》。

发表散文《春满吐鲁番》。

写报告文学《红旗如火》《买合甫汗》。

9 月　回到乌鲁木齐。"文艺整风"开始,已经排版的《红旗如火》被撤下。

年底,因"右派"问题被取消下乡搞"四清"的资格,等待下放。

1965 年

4 月　下放到伊犁市巴彦岱红旗人民公社二大队,5 月任副大队长,维吾尔文新文字教员,利用一切机会学习维吾尔语。

9 月 8 日　全家从乌鲁木齐迁到伊宁市。王山、王石回北京。

参加大湟渠龙口改建工程"会战"。

1966 年

母亲董敏到伊犁看望。王石到伊犁。

秋天,"文化大革命"波及伊犁,停止了王蒙的副大队长工作,留在大队搞文字与口头翻译。

1967 年

5 月　回北京,将"启蒙文学老师"二姨董效(学文)接到伊犁帮助料理家务照顾孩子。

8 月　刚到伊犁不久的二姨突发脑溢血去世。

1969 年

年初,工资被扣发一半。

3 月 27 日　女儿王伊欢在伊犁出生。以写婴儿日记的形式恢复写作。

1970 年

春节期间,自治区文联工宣队派人到伊犁外调王蒙,这是 1965 年以后组织上第一次派人联系。

1971 年

4 月　"自作主张"回乌鲁木齐。

5 月　被分配到乌拉泊文教"五七干校"劳动,被认定是没有问题的"五七战士",任炊事班副班长,补发被扣发的工资。

1972 年

读到《美国与中国》《白轮船》《海鸥》《爱情故事》等苏联与美国作品。

写新疆维吾尔农村生活题材的长篇小说《这边风景》的前两章。

1973 年

3 月 从"五七干校""毕业",被分配到新疆维吾尔自治区文化局创作研究室。做翻译和编辑工作,筹备《新疆文学》复刊。

参加连环画《血泪树》创作,出差伊犁,第一次乘飞机。

中秋节,全家迁回乌鲁木齐,团聚。

1974 年

到塔城参加修改陆天明话剧剧本《扬帆万里》。

10 月 15 日 四十岁生日,百感交集。决心不再消极,继续写《这边风景》。

1975 年

暑期回北京探亲,探访韦君宜。

翻译维吾尔族青年作者的小说《奔腾在伊犁河上》和一些诗歌,包括新疆著名诗人铁依甫江的作品。

到喀什噶尔、塔什库尔干县,参观红旗拉甫口岸,到塔吉克牧民家中做客。

1976 年

完成《这边风景》初稿。

10 月 6 日 "四人帮"倒台。这个历史的转折也是王蒙文学活动全面复苏的开始。

11 月 填词《满江红》《双头莲》。

1977 年

12 月 在《新疆日报》发表 1964 年以来的第一篇散文《诗,数理化》。

王山考入新疆大学。

1978 年

1 月 在《新疆文学》发表短篇小说《向春晖》,开始了一个创作、发表作品的新阶段。

4 月 给萧殷写信。写《最宝贵的》,秋天发表在《作品》杂志,很快被翻译成德语,获 1977—1978 年优秀短篇小说奖,这是"文革"后的第一个小说奖。

从1964年开始吸烟,这时成功戒烟。

5月　在《人民文学》发表《队长、书记、野猫和半截筷子的故事》,标志着王蒙公民权的部分恢复。

6月　到北戴河修改《这边风景》。

8月　《这边风景》前五章在《新疆文学》发表。

王石考入空军二炮学院。

9月　赴华北油田采风。见到韦君宜,韦决定出版《青春万岁》。

10月　以《人民文学》特派记者身份出席共青团第十次全国代表大会。写报告文学《火之歌》。

12月5日　出席《文艺报》和《文学评论》联合召开的作家作品落实政策座谈会并讲话。《组织部来了个年轻人》平反。

在《光明日报》发表《〈青春万岁〉后记》。

1979年

2月　出席人民文学出版社举办的长篇小说座谈会。

北京团市委下达"右派"问题"改正"通知,并向新疆维吾尔自治区党委开出了党员组织关系介绍信,"右派"问题获得彻底改正,恢复党籍。

6月　奉调回京,任北京市作家协会专业作家。

6月12日　举家乘70次列车迁回北京,住北池子招待所。在那里写了《布礼》《蝴蝶》《夜的眼》与一些评论。《夜的眼》发表于10月21日《光明日报》,不久被苏联《外国文学》杂志翻译发表,成为苏联在中国"文革"后介绍的首篇中国文学作品。

10月30日至11月16日　以主席团成员身份出席第四届全国文代会,当选为中国作协第三届理事会理事。

1980年

1月12日　短篇小说《说客盈门》发表在《人民日报》。

春天,回新疆,与铁依甫江同行,到鄯善等地。回京时顺路去三原看望王石,根据路上的经验写成《春之声》,发表在《人民文学》1980年5月号,获1980年全国优秀短篇小说奖。

6月　随冯牧率领的中国作家代表团访问联邦德国,参访了法兰克福、波恩、科隆、柏林、汉堡以及慕尼黑等城市。拜会德国驻华大使,结识关愚谦、顾彬等。

7月　与从维熙、谌容、刘心武访问辽宁。

8月底至12月底,经香港前往美国参加衣阿华大学"国际写作计划"活动。在港期间接受《新晚报》《大公报》《明报》等媒体采访。在美国期间去了华盛顿、洛杉矶、旧金山、宾州等地,学习英语,写中篇小说《杂色》。

《悠悠寸草心》获1979年全国优秀短篇小说奖。

1981年

出席北京文联举办的访美讲话会。

被评为先进党员。参加关于文艺问题的学习。

第一次赴南京、杭州、上海,参观南京中山陵等名胜。与张弦等见面。参加《东方》杂志的西湖采风活动。

9月　重返伊犁,前往尼勒克牧区。在牧区和伊犁作关于短篇小说创作和关于新时期文学的讲演。

10月　任中国作协书记处书记。

1982年

1月上旬　重返巴彦岱。

6月3日至22日　应美国圣约翰大学亚洲研究中心邀请出席中国当代文学国际研讨会并作讲演。参访衣阿华大学和旧金山。在墨西哥学院亚非研究所访问讲学。出席拉美作家"现实主义与现实"圆桌会议。

9月　列席中国共产党第十二次全国代表大会,当选为中央候补委员。

秋天,根据《蝴蝶》改编的电影《大地之子》上演。

1983年

年初,随海军文艺工作者赴西沙群岛。

3月　父亲王锦第去世。

8月　任《人民文学》杂志主编。搬入北京虎坊桥中国作协"高知楼",第一次装了家庭电话。

10月11日至12日　出席中共十二届二中全会。

1984年

带王石到武汉,乘江轮上溯重庆。

构思长篇小说《活动变人形》,这标志着王蒙后"文革"时期喷发式创作告一段落。

5月20日至6月11日　率中国电影代表团携电影《青春万岁》前往苏联塔什干亚非拉电影节参展。访问塔什干、撒马尔罕、第比利斯、莫斯科等地。写《访苏心潮》。

出席《上海文学》颁奖会。访问东海舰队。在上海举办讲座。

8月　在烟台参加人民文学出版社笔会，并到青岛，登崂山。

10月1日　登上天安门城楼，参加建国三十五周年国庆观礼。

冬天，应邀到沧州举办"中国文学的济世传统"讲座。这是时隔四十五年后第一次回故乡。

发表《名医梁有志传奇》并获当年"传奇文学奖"。

12月　出席中国作家协会第四次会员代表大会。

1985年

1月　继续出席中国作协第四次代表大会，当选为常务副主席、党组副书记，并致闭幕词。

春季，到门头沟永定乡岢罗村西山窝西峰寺写《活动变人形》，一个多星期中创造了一天写一万五千字的个人写作纪录。

夏天，到大连休假、创作、演讲，完成《活动变人形》。

9月　在中国共产党全国代表大会上当选为中央委员。

9月　与张洁等十四名作家前往西柏林出席"地平线艺术节"活动。其间举行了由顾彬组织的王蒙作品国际研讨会，电视台做了王蒙与张洁的专题节目。拜访君特·格拉斯。接触白先勇、高信疆、井上靖等。与傅吾康的女儿傅复生相识。

10月5日　出席新疆维吾尔自治区成立三十周年庆祝活动，为文艺爱好者和大专院校师生讲演《关于当前文学现状》。

10月31日至11月4日　出席中国作协工作会议并讲话。

1986年

1月　出席在纽约召开的国际笔会第四十八届大会。

4月2日　《青春万岁》获人民文学出版社首届人民文学奖。

5月6日　在烟台出席全国儿童文学创作会议开幕式并讲话。

5月24日　出席人民文学出版社《活动变人形》讨论会。

5月　出席中国社会科学院文学研究所新时期文学十年学术讨论会并讲话。

6月11日　出席中国社会科学院文学研究所与《中国文化报》联合举办的中国文化发展建设问题讨论会。

6月25日　就任中华人民共和国文化部部长。出席在哈尔滨举行的首届《红楼梦》艺术节开幕式并讲话。

6月29日　陪同中共中央总书记胡耀邦在中南海会见并宴请意大利著名男高音歌唱家帕瓦罗蒂。

8月1日至8日　在拉萨出席哲蚌雪顿节开幕式并参加全国藏学讨论会，作专题报告。看望才旦卓玛。

10月　率代表团访问朝鲜。

11月4日至6日　在上海市出席中国当代文学国际研讨会。

11月8日至13日　出席中国作协第四届理事会第二次会议并发言。

12月　访问阿尔及利亚和法国、意大利。

中篇小说《高原的风》被改编为电影。

1987年

2月　获日本创价协会和平与文化奖。

2月19日　访问泰国，会见诗琳通公主。

4月17日至29日　率中国政府文化代表团访问日本，与中曾根首相等官员及井上靖等作家会见，接受SGI和平与文化奖。

5月30日　会见在北京访问的泰国文化代表团。

6月21日　在呼和浩特出席内蒙古自治区庆祝乌兰牧骑建立三十周年庆祝活动开幕式并讲话。

8月25日　在乌鲁木齐出席"天山之秋"开幕式并讲话。

9月5日至24日　主持第一届中国艺术节开幕典礼和闭幕式并致闭幕词。其间，11日至16日赴意大利出席第十三届蒙德罗国际文学特别奖颁奖典礼，接受蒙德罗国际文学奖。

10月6日　出席北京图书馆新馆开馆典礼并致词。

10月10日　出席中国与德国1988—1989文化交流计划签字仪式。

10月25日至11月1日　出席中国共产党第十三次代表大会，继续当选中央委员。

11月19日至12月5日　应罗马尼亚、波兰和匈牙利三国文化主管部门邀请,率中国政府代表团访问三国。

12月15日　出席中国社会科学院文学研究所纪念何其芳同志诞辰七十五周年暨逝世十周年学术报告会并讲话。

1988年

1月　在伦敦出席第二十三次国际出版大会。

1月15日　出席北京画院迎春画展开幕式。

2月24日　主持文化系统在京的第六届全国人大代表和全国政协委员座谈会并同与会代表对话。

3月6日　率中国政府文化代表团访问摩洛哥、土耳其和保加利亚。

4月10日至13日　出席全国人大七届一次会议,向大会递交《关于当前文化工作的几个问题》的书面报告。

5月4日　出席中国和苏联1988—1990文化合作计划签字仪式,代表中国政府在计划文本上签字。

5月15日　出席全国文化工作会议并讲话。

7月6日　向在京的部分全国政协委员通报文化体制改革情况并与委员对话。

10月1日　递交辞职报告,提出辞去文化部部长职务。

11月　出席中国作协第四届理事会第三次会议开幕式并讲话。

11月8日至12日　出席中国文联第五次代表大会。

年底,出现带有"批王""所指"的所谓关于"现代派"问题的讨论。

1989年

年初,应邀前往澳大利亚出席"文字节"开幕式。

1月18日　出席文化部就中国文化的认同问题和海峡两岸文化交流问题举行的清谈会并发言。

5月8日至12日　访问法国,出席米开朗基罗画展开幕式及戛纳国际电影节开幕式。顺访埃及、约旦,获约旦作家协会名誉会员称号。

9月4日　获准辞去文化部部长职务。

10月9日　出席原北平平民中学校友会成立大会。

1990年

7月　回老家南皮县龙堂村看望乡亲。

11月　酝酿已久的"季节系列"长篇小说构思基本完成。

1991年

9月　在新加坡出席新加坡新闻艺术部举办的"世界作家周"活动。

9月14日　短篇小说《坚硬的稀粥》受到《文艺报》署名"慎平"的读者来信批评。来信说《坚硬的稀粥》对我国社会主义改革的影射、揶揄,在政治上明显是不可取的",还引用了台湾《中国大陆》杂志转载《坚硬的稀粥》时的编者按语:"此文以暗讽手法,批评邓小平领导的中共制度。"

9月15日　将《我的几点意见》分别送交中央首长、有关方面和文艺界人士,指出"慎平"的严重的指责足以置作者于死地。

10月9日　向北京中级人民法院起诉,控告《文艺报》和"慎平"侵害了王蒙的政治名誉和公民权利。

10月22日　北京市中级人民法院下达裁定书称,《文艺报》发表"慎平"的读者来信"属正常的不同观点争鸣,不属人民法院受理民事诉讼范围",对王蒙的起诉未予受理。

11月25日　北京市高级人民法院下达终审裁定书,维持中级人民法院裁定,但未再提"来信"是"正常的不同观点争鸣"。

1992年

7月4日　接受日本共同社记者松尾康宪等人的采访。

9月23日至10月9日　应澳大利亚昆士兰州州长、布里斯班市市长邀请前往布里斯班市参加"华拉那节"和全澳作家周活动,并赴悉尼、堪培拉、阿德雷拉、墨尔本等地访问。

10月12日至18日　列席中国共产党第十四次全国代表大会。

11月21日至26日　在南宁出席首届中国李商隐学术讨论会并发言,被推选为中国李商隐研究会名誉会长。

1993年

2月19日　在全国政协第八届会议上当选为全国政协委员。

3月24日至29日　出席新加坡1992年短篇小说"金点奖"大赛颁奖仪式及庆典。

3月30日至4月4日　访问马来西亚,在《星洲日报》"花踪"文学讲座作系列演讲。

4月15日至5月15日　在香港岭南学院讲学。

8月22日至27日　应美国社会心理学研究中心和洛克菲勒基金会邀请，出席在意大利贝拉吉奥举行的文化评论比较方法国际会议。

8月28日至11月30日　应哈佛大学燕京学院邀请，在美国东西海岸及中西部几所大学讲学。

12月15日至26日　应台湾《联合报》系文化基金会邀请访问台湾，出席"四十年来的中国文学"讨论会。19日到华霞菱老师府上拜访忆旧。

1994年

3月19日　在全国政协八届二次会议上当选为全国政协常委。

3月25日至4月25日　应美国投资中心邀请，前往纽约参加中国投资研讨会并作演讲，会后在丹佛、费城等地讲学。

4月22日至5月5日　应日中关系史学会会长中江要介邀请访问日本，参加东京、名古屋、京都、神户等地的学术交流活动。

5月　出席华艺出版社和宏达集团联合举办的《王蒙文集》新闻发布会。

1995年

3月25日至27日　在上海出席中国作协第四届主席团第九次会议。

4月11日至5月12日　应大不列颠哥伦比亚大学东亚研究所邀请，出席在温哥华举行的春季研讨会并作演讲。会后在加拿大各大学讲学，介绍中国当代文学。

5月1日至7日　应华美协进社邀请访问美国。

5月　担任中国小说学会会长。（2001年卸职。）

9月28日至30日　应韩国汉白基金会邀请，出席在汉城举行的"21世纪与东方文明"研讨会并作演讲。

10月30日　出席人民文学出版社举办的长篇小说《恋爱的季节》《失态的季节》研讨会。

1996年

2月1日　出席在哈尔滨举行的海峡两岸《红楼梦》研究会并发言。

3月3日至14日　出席全国政协八届四次会议。

4月9日　获第二届爱文文学奖。

4月15日至5月14日　应香港大学邀请在香港从事讲学和学术活动。

5月16日至24日　应英中文化交流中心邀请访问英国。

5月25日至7月3日　应海因里希·伯尔遗产协会与北莱茵基金会邀请前往德国科隆朗根布鲁希伯尔的乡间别墅休养、写作并在德国各地访问,其间在洪堡大学演讲。

7月4日至15日　应奥地利中国友好协会与奥地利文学协会邀请,前往维也纳出席"中国人心目中的和平、战争与世界观念"国际研讨会并访问奥地利。

9月4日至6日　出席全国政协举办的"展望21世纪论坛"并作演讲。

10月1日至3日　在烟台出席李商隐研究会第三届年会并作演讲。

10月4日至7日　出席"中韩未来论坛"第三次会议。

10月　《活动变人形》获人民文学出版社第二届人民文学奖,《失态的季节》同时获特别奖。

12月10日　代表文化部赴深圳出席由文化部、国务院港澳办、国务院新闻办共同举办的《香港的历史与发展》大型图片巡回展开幕式。

12月17日至22日　出席中国作协第五次全国代表大会,当选为中国作家协会副主席。

1997年

2月6日（除夕夜）　参加北京音乐厅中国千古名篇吟诵音乐会演出,朗诵屈原作品《渔父》。

4月16日至19日　应澳门基金会邀请访问澳门。

5月13日　出席在青岛举行的中国小说学会第三届年会并作讲演。

8月8日至20日　应马来西亚华文作家协会和《星洲日报》邀请访问马来西亚,在吉隆坡出席"马华文学与世界华文文学的现状与前景"国际研讨会并作演讲。

8月21日至23日　应新加坡作家协会邀请访问新加坡并与当地作家座谈。

1998年

1月至5月　在美国三一学院、莱斯大学、哈佛大学、耶鲁大学、匹兹堡大学、明尼苏达大学、纽约州立大学及华美协进社讲学。

3月　在全国政协九届一次会议上继续当选全国政协常委。

6月1日　在武汉出席由中南财经大学、台港澳暨海外华文文学研究所举办的新加坡作家作品国际研讨会并发言。

8月27日至9月6日　应挪威外交部邀请访问挪威。会见挪威外长,在奥斯陆大学和诺贝尔学院发表演讲,走访挪威作家协会等文学团体。

9月7日至14日　应哥德堡大学的邀请访问瑞典。

10月2日　出席在福建举行的北美华文作家作品研讨会并在开幕式上致词。

10月6日至9日　在河南博爱出席中国李商隐研究会第四届年会并讲话。

11月10日至12月9日　应香港大学通识教育委员会邀请在香港大学作系列讲座。

12月9日至11日　应澳门基金会邀请访问澳门。

1999年

2月21日至28日　访问印度新德里、卡吉拉霍。

3月31日　受聘南京大学兼职教授并发表演讲。

4月20日至5月5日　出席联合国教科文组织巴塞罗那文化论坛"大众传媒及其他"国际研讨会并作演讲。在马德里大学演讲。

5月5日至10日　应法国人文科学之家基金会和法国国立东方语言文化学院邀请访问巴黎,与法国作家、学者座谈。

5月11日至13日　应德国特立尔大学邀请在特立尔大学发表演讲。

5月14日至17日　应奥中友协邀请访问奥地利,在维也纳作关于中国当代文学的演讲。

6月11日　《组织部来了个年轻人》入选《亚洲周刊》评选的"20世纪中文小说一百强"。

8月　长篇小说《活动变人形》入选人民文学出版社"百年百种优秀中国文学图书"。

9月3日至9日　在乌鲁木齐出席《中国西部文学》"扎根新疆文学奖"颁奖大会并讲话。回到伊犁。重访巴彦岱,在原二大队第一生产队老书记阿西穆家与老房东等老乡亲们欢聚。参观察布查尔自治县、霍尔果斯口岸、塔什库勒克乡果园。

10月10日至17日　应韩国国际交流财团的邀请访问韩国。在韩国现代中国文学会演讲。

10月20日至26日　应意中友好协会邀请赴罗马出席中国当代文学论坛国际研讨会并作主题发言。

11月25日　因胆囊结石、急性胆囊炎住进北京医院，接受胆囊切除手术，12月9日康复出院。原定访日活动未能成行。

12月1日　与张洁、张承志等五位作家同诉北京在线网络侵权案胜诉。

2000年

1月9日　应香港中文大学邀请出席"文化与人文千禧展望：人文价值的未来"国际文化学术研讨会并发表讲演。

1月26日　任中国少数民族文化艺术基金会会长。（2002年7月卸职。）

6月3日　出席人民文学出版社《狂欢的季节》和"季节系列"长篇小说出版发行新闻发布会。

6月5日　因散文集《天涯海角》一书，与巴金等二十二位作家同诉吉林摄影出版社侵权案胜诉。

6月18日　出席由中国作协创研部、中华文学基金会、人民文学出版社、《长城润滑油》报社联合举办的"季节系列"长篇小说研讨会。

7月14日　被聘为国家图书馆顾问。

7月28日　美国中国作家联谊会美国诺贝尔文学奖中国作家提名委员会宣布：该组织已将美国八十多位文化界及各界名人和团体支持的提名王蒙为诺贝尔文学奖获得者的签名信寄往瑞典，诺贝尔文学奖评选委员会复函接受了对王蒙的提名。

9月3日至10日　率中国作家代表团访问挪威。

9月10日至14日　率中国作家代表团访问爱尔兰。

9月14日至17日　访问瑞士伯尔尼、日内瓦、洛桑等地。

9月18日至19日　应奥中友协邀请赴维也纳出席"社会、集体与个人"国际研讨会并作演讲。

10月3日至8日　应新加坡中国商会邀请访问新加坡。在新加坡报业中心礼堂作关于中国西部文化与中国西部开发的演讲，在新加坡国立大学作关于中国当代文学的演讲。

10月16日至18日　出席全国政协常委会。其间出席冰心诞辰百年纪念会，朗读巴金致冰心的信。

10月21日　在合肥出席"迎驾笔会",游览合肥名胜及霍山、潜山、天柱山、九华山。

10月29日　在杭州出席夏衍故居开馆仪式、夏衍捐献书画展。受聘浙江大学文学院兼职教授并作学术演讲。

11月10日　出席中华文学基金会举办的"季节系列"长篇小说讨论会。

11月20日至26日　出席汕头经济特区艺苑广场奠基仪式并讲话。出席《潮声》"伟男文学奖"颁奖活动。在汕头大学演讲。参观汕头名胜及企业。

12月14日至17日　出席香港中文大学"新纪元全球华文青年文学奖"颁奖典礼,并在文学专题讲座演讲。

12月21日　长篇小说《狂欢的季节》获《当代》文学拉力赛2000年总决赛冠军,在颁奖仪式上将十万元奖金捐出,人民文学出版社以此作为基金设立"春天文学奖",奖励全国三十岁以下文学新人。

2001年

开始写长篇小说《青月》(出版时改题《青狐》)。

1月3日　出席环境文学年会。

1月22日　出席国家图书馆顾问会。

2月8日　出席西班牙驻华大使馆宴会。

2月24日　在家中接待泰国诗琳通公主。

2月26日至3月12日　出席全国政协会议。

3月18日　在中国现代文学馆讲课。

3月28日　出席人民文学出版社五十周年大庆,获奖("季节系列"长篇小说获第三届人民文学奖)并讲话。

4月3日　出席冯其庸书画展。

4月4日　在北京师范大学讲《文学的悖论》。

4月7日至24日　出席上海古籍书店《绘图本王蒙旧体诗集》首发式和签名售书活动。

受聘武汉华中师范大学客座教授。游览宁波、普陀、刘庄、乌镇、武汉、鄂州。

5月9日　出席北京景山学校语文教学改革研讨会。

5月16日　观看西班牙女高音歌唱家蒙特塞拉特独唱音乐会。

5月27日　出席西班牙驻华大使宴请,与歌唱家多明戈会面。

5月29日　观看多明戈独唱音乐会。

5月31日至6月6日　在韩国庆州出席"中韩未来论坛"第八次会议并作关于中韩文化交流的基调演讲。参观石窟庵、佛国寺、天马坟、釜山会展中心、巨济岛、李舜臣纪念馆、海金刚、外岛等。接受KBS采访。出席韩国前总统卢泰愚宴请。

6月12日　在解放军艺术学院讲课。

6月13日　在文化部文化管理干部学院讲课。

6月15日　出席在爱尔兰驻华使馆举行的作家詹姆斯·乔伊斯纪念活动,用中英文双语致词。

6月20日　出席长城润滑油公司作家书屋揭牌仪式。

6月23日　宴请喀麦隆文化国务部长。出席喀麦隆驻华大使宴请。观看三大男高音紫禁城演唱会。

7月15日至21日　参加文化部、国务院台湾事务办公室组织的"情系三峡——两岸文化联谊行"。

8月24日　在中国现代文学馆参观胡絜青画展。出席由中国作协和中华文学基金会为泰国诗琳通公主颁发"理解与友谊国际文学奖"颁奖仪式并致贺词。

8月29日至9月10日　在乌鲁木齐受聘新疆大学人文学院名誉院长、客座教授。受聘新疆师范大学客座教授。游览喀纳斯湖、神仙湾与月亮湾、大东沟小东沟。游览兰州、麦积山。游览青海湖、塔尔寺,参观藏医院与博物馆。

9月11日至12日　参加全国政协外事委员会举办的"21世纪论坛——不同文明对话2001年研讨会"并发言。关注美国"9·11"事件。

9月27日至29日　出席全国政协会议。

10月9日　出席纪念辛亥革命七十周年纪念大会。

10月11日至11月7日　在美国、墨西哥讲学。其间在爱荷华大学出席"迷失与发现:翻译艺术"研讨会,在科罗拉多大学出席"当代中国知识分子和社会力量"国际研讨会并演讲。

12月4日至17日　率中国作家代表团访问印度。会见印度文化旅游部长。参观戏剧与美术学校、英迪拉艺术中心、泰戈尔故居、佛教教会及图书馆等。出席中国电影节开幕式。

12月18日至22日　出席中国作协第六次全国代表大会,继续当选为中国作家协会副主席并致闭幕词。

2002 年

1月5日　出席中国法国文学研究会举办的雨果诞生二百周年纪念大会并讲话。

1月18日　出席钟敬文遗体告别仪式。

1月27日　到北京医院看望张光年。

2月2日　出席法国驻华大使为法国文化部部长访华举行的宴会。

2月3日至5日　在上海会见王元化、叶兆言、方方、格非等。参观"左联"旧址、文化人故居及孔祥熙故居、汤恩伯故居。

2月6日　出席国家图书馆顾问会。宴请印度驻华大使。

3月1日　出席《群言》杂志社《在延安文艺座谈会上的讲话》座谈会。

3月6日　出席人民文学出版社第一届"春天文学奖"发奖会并讲话。

3月7日　在全国政协联组会发言。宴请香港代表。

3月8日至11日　应香港新亚洲出版公司邀请赴港,作题为《欣赏文学作品,提高语文能力》的演讲。

3月12日至13日　出席全国政协会议。

3月14日至23日　率中国人民对外友好协会代表团访问日本。会晤日本作家大江健三郎、大庭美奈子。看望病中的水上勉。给团伊久磨扫墓。接受岩波书店、世界杂志、共同社采访。在我驻日使馆的宴会上致词(用日语)。

3月29日　在国家行政学院新疆班讲课。

4月1日至4日　受聘中国海洋大学顾问、文学院院长、教授,为文学院和王蒙研究所成立揭牌,与文科教师座谈、演讲。

4月6日　出席"冯牧文学奖"发奖仪式。

4月13日至15日　在安徽师范大学出席中国李商隐研究会第六届年会暨国际学术研讨会并作演讲《说"无端"》。

4月24日　观看法国音乐剧《特里斯丹与绮瑟》。

4月29日　会见伊朗驻华使馆文化参赞。

5月2日　会见并宴请聂华苓。

5月9日　观看日本芭蕾舞团演出的芭蕾舞《吉赛尔》。

5月12日　出席张光年追思会暨《张光年文集》发行会。

5月14日　在意大利驻华使馆讲学。

5月17日　在北京大学出席波斯经典出版仪式。

6月19日至20日　在南京大学现代文学研究中心座谈。受聘东南大学兼职教授并作学术演讲。

6月25日　会见并宴请印度作家。

6月27日　主持少数民族书画展开幕式。出席印度驻华公使为印度作家代表团来访举行的招待会。

7月10日　观看北欧五国青年交响乐团演出。

8月31日　出席鲁迅文学院历史文学讨论会。

9月10日至29日　应毛里求斯、南非、喀麦隆和突尼斯四国政府文化部邀请，率中国文学艺术界名人代表团前往四国访问、讲学。会见毛里求斯文化部长、总统，在中国文化中心讲话。访问南非约翰内斯堡、开普敦，在西开普敦大学与作家座谈。在喀麦隆参观雅温德王宫遗址、国家博物馆、会议大厦（中国援建），会见作家、出版家。在突尼斯参观迦太基、蓝白小镇、博物馆，访问当地作协。在罗马奥林匹克剧场观看歌剧《托斯卡》，参观梵蒂冈彼得教堂、少女喷泉、西班牙广场。

10月15日　宴请喀麦隆驻华大使。

10月17日　出席周颖南画册出版会。

10月22日至30日　出席中国海洋大学"作家周"活动并作学术演讲。

11月1日至4日　在上海图书馆演讲。在浦东出席金秋作家聚会。在崇明岛参观寿安寺、少年足球基地。

11月9日　在家中会见日中文化交流协会代表团。

11月10日　观看团伊久磨的歌剧《荒山狐乐》。

11月17日　出席中国作协主席团会议。

11月18日至22日　出席全国政协会议。

11月28日至12月1日　出席香港作家联会成立十五周年庆典和海内外名家交流座谈会。

12月4日　出席泰国国庆与国王七十五寿辰招待会。

12月5日　出席纪念阳翰笙诞辰一百周年座谈会。

12月9日　在鲁迅文学院讲《红楼梦》。

12月12日　出席古立高作品讨论会。

12月13日至14日　出席鲁彦周作品研讨会。

12月15日　在国家图书馆演讲《〈红楼梦〉纵横谈》。

12月17日　出席《名家侧影》出版座谈会。出席人民文学出版社"年度世界最佳长篇小说"发布会。

12月18日　在中国作协出席李长春视察。

12月20日至30日　在广州讲坛讲课,会见红线女等。

2003年

1月6日　出席《王蒙自述:我的人生哲学》新书发布会。

1月9日　出席外交部中外名人论坛会议。

1月11日　出席《曹文轩文集》发行会。

1月14日　《青狐》初稿基本完成。

1月19日　在国家图书馆文津讲坛讲《红楼梦》。

1月20日至23日　出席全国政协常委会。

1月23日　出席国家图书馆顾问会。

1月25日　出席老舍基金会会议。

1月28日　结婚纪念日,去小绒线胡同20号(原27号)怀旧,并走西四北三条(原报子胡同)。

2月　当选由中国当代文学研究会和《中华文学选刊》《南方文坛》《南方都市报》主办的"2002年度中华文学人物"评选之"文学先生"。

2月21日至22日　赴上海出席《王蒙自述:我的人生哲学》研讨会,在上海书城签名售书。

2月23日　就知识产权问题接受中央电视台采访。

2月25日　出席"春天文学奖"评委会。

3月2日至15日　出席全国政协会议。

3月18日　出席刘索拉新作《女贞汤》发行式。

3月25日　出席"春天文学奖"颁奖会。在中外名家系列讲座讲《我的人生观和世界观》。

3月26日　在北京大学演讲。

7月　全美中国作家联谊会会长、美国诺贝尔文学奖中国作家提名委员会共同主席表示,经过提名委员会主席团的讨论,决定今年继续以美国全美中国作家联谊会团体的名义提名王蒙参加诺贝尔文学奖评选。他们认为,王蒙的创作时间跨度长,作品有力度,记述和表达了我们这个民族近半个世纪以来的艰苦奋斗和心灵的历史,在某种意义上说,它们具有史诗的价值。

7月31日　出席由国家环境保护总局、中国作家协会举办的"格林科尔-科龙杯"全国环境文学优秀作品奖颁奖仪式并讲话。

9月24日至26日　出席由中国海洋大学主办,全国政协教科文卫体委员会、教育部、文化部、青岛市人民政府指导,人民文学出版社等单位协办的"王蒙文学创作国际学术研讨会"。来自中国大陆、台湾、香港、澳门以及美国、俄罗斯、德国、法国、加拿大、日本、韩国、澳大利亚、新加坡、马来西亚、印度等十五个国家和地区的一百二十多位学者、作家对王蒙的思想及文学成就进行了多方面的、深入的研讨。

9月28日至10月14日　访问荷兰、法国、埃及、瑞典。在荷兰出席王伊欢博士毕业典礼。在荷兰莱顿大学、巴黎中国文化中心、开罗中国文化中心、瑞典学会举办学术讲座。参观博物馆、出版社,接受采访,会见作家。出席《青春万岁》阿拉伯文版出版活动等。

10月　获得由《小小说选刊》《百花园》《小小说俱乐部》和郑州小小说学会联合设立的中国小小说"金麻雀奖"。

10月22日　在中央电视台"百家讲坛"讲《〈红楼梦〉的言和味》。

11月16日　出席第四届深圳读书月读书论坛并演讲《我们的精神家园》。

11月18日至12月8日　在香港浸会大学主讲"我的一些文化思考"课程。出席香港中文大学成立四十周年学术活动和"新纪元全球华文青年文学奖"颁奖典礼。在香港三联书店和金庸共同主讲"话说《红楼梦》"公开讲座。

2004年

1月15日至17日　在苏州大学演讲。观看昆曲《牡丹亭》。

2月1日　在北京人民广播电台读《青狐》。

2月15日　出席《王蒙读书》与《我的人生哲学》座谈会。

2月20日　获得由《光明日报》与网络文明工程组委会、中国网主办，《人民日报》《文汇报》《南方日报》《中国文化报》协办的"2003年度杰出文化人物"奖。

2月20日至24日　访问菲律宾。在商会演讲《我们生活中的文学》。

2月26日　出席对外友协授予泰国诗琳通公主"人民友好使者"称号仪式及宴会。

2月27日　出席全国政协会议。

4月7日　在青年政治学院讲课。

4月8日　在中国艺术研究院讲课。

4月9日至16日　在中国海洋大学讲学。

4月26日　出席北京大学"中华少年写作园"授牌典礼。

5月13日　会见匈牙利作家团。

5月14日　受聘北京师范大学兼职教授，并作演讲《文学与人》。

5月15日　出席北京师范大学文学院揭牌仪式。

5月19日　接待日中文化交流协会诸友。

5月20日至29日　访问马来西亚、新加坡。出席《马来西亚华文文学大系》首发式并作讲演。参加庆祝马中建交三十周年宴会。参观新加坡晚晴园、南洋大学华裔馆。在居士林演讲。

6月13日至21日　赴西安、延安。受聘西北工业大学兼职教授。在西北工业大学、西安电子大学、解放军政治学院、延安大学演讲。

6月28日　出席中国作协主席团会议。

7月6日至8日　出席全国政协会议并发言。

7月15日至8月26日　在北戴河修订《王蒙评点〈红楼梦〉》。

9月2日至7日　出席2004文化高峰论坛并讲话。

9月14日至21日　在浙江省委宣传部、绍兴大剧院及厦门市政协演讲。

9月22日至24日　出席全国政协常委会。在庆祝中国人民政治协商会议成立五十五周年座谈会上发言。

9月25日　接受北京文学节颁发的终身成就奖。

9月26日　在南开大学讲《红楼梦》。

10月7日　在国家图书馆讲《红楼梦》。

10月9日　宴请来访的南皮县诸领导。

10月10日至25日　出席中国海洋大学首届"科学·人文·未来"论坛，讲话并致闭幕词。在山东理工大学演讲。主持"红楼梦周"活动并作《〈红楼梦〉中的政治》演讲。出席中国海洋大学八十周年校庆活动。

10月27日　出席《周而复文集》出版座谈会。

10月30日至11月8日　在南京出席第二届海峡两岸中华传统文化与现代化研讨会，参与讨论经济全球化大潮中传承和发展中华传统文化问题。在淮安师范学院、芜湖、海南师范大学演讲。出席海南文联、作协及天涯在线主办的短信文学比赛颁奖活动。出席王蒙与余光中散文研讨会并与余光中谈散文。出席海南师范大学五十五周年纪念大会。参观周恩来纪念馆、吴承恩故居、李白墓等。

11月16日至25日　访问俄罗斯及哈萨克斯坦。会见俄罗斯文化部长。会见俄罗斯科学院远东研究所所长，接受该所授予的博士学位并用俄语致答词。与莫斯科大学亚非学院师生见面。访问俄罗斯作家协会。参观红场、列宁墓、克里姆林宫、美术馆、冬宫、阿芙洛尔号巡洋舰，观看芭蕾舞《天鹅湖》。在哈萨克斯坦国家图书馆与文化界人士见面并用哈萨克语致词。

11月26日至29日　在伊犁汉人街墓地悼念二姨董文学。在巴彦岱与老朋友们见面，最后一次见到老房东阿卜都热合曼。在伊犁文联联欢会上用维吾尔语致词，唱《黑羊羔般的黑眼睛》。参观乌鲁木齐自治区博物馆。

11月29日至12月2日　在重庆演讲、参观。

12月28日　出席北京市志愿者集会。

2005年

1月10日　在全国政协青年论坛演讲。

1月13日　在301医院研究生班讲课。

1月14日　出席国家图书馆顾问会议。

1月31日　会见日本作家川西重忠。

2月14日至16日　全家回南皮。到龙堂村看王家院子旧址，参观汽车部件厂、县医院，听河北梆子清唱。

2月20日　出席"春天文学奖"评委会。

2月21日　在外交部青年文化讲座演讲。

2月24日　出席文化部关于中法文化年的总结会。

2月26日至28日　出席全国政协常委会,被任命为第九届政协文史和学习委员会主任委员。

3月1日　在全国政协听有关民族宗教问题的报告。

3月2日至15日　出席政协会议并作大会发言。出席政协文史与学习委员会主任会议。会见日中文化交流协会代表团。

3月16日　在中央社会主义学院演讲。

3月21日　宴请美国国会图书馆中文部原主任王济。

3月27日　宴请挪威原驻华大使白山。

3月28日至29日　在河北师范学院文学院、河北省作协演讲。

开始写自传《半生多事》。

4月1日　出席北京市第二中学读书节开幕式。

4月4日至8日　赴海口、广州。出席全国政协文史干部培训班结业式并讲话。在中山大学演讲。

4月15日　在鲁迅文学院讲课。

4月19日　在北京师范大学世纪大讲堂讲课。

4月19日至21日　在郑州出席小小说节活动。

4月22日　出席中国艺术节基金会理事会议。

5月8日至19日　在青岛中国海洋大学处理文学院的事务,出席座谈会、演讲。在青岛市政协谈文史工作。

5月19日至28日　出席江南文学会馆(筹)揭牌仪式、西溪笔会挂牌仪式、第三届浙江作家节开幕式暨横店中国影视文学创作中心成立仪式、横店中国影视高峰论坛、纪念《在延安文艺座谈会上的讲话》发表六十三周年座谈会等活动。在浙江电子科技大学、浙江省图书馆浙江人文大讲坛、浙江师范大学演讲。在上海图书馆演讲。出席上海政协当代文化名人周谷城、苏步青、陈望道、谢希德画传首发式。在南京艺术中心演讲。

6月7日　出席《陈云墨迹选》首发式。

6月18日　观看新疆歌剧院演出的音乐剧《冰山上的来客》。

6月22日　出席浙江文化大省建设研讨会。

6月30日至7月6日　访问印度尼西亚。与印尼大学人文学院师生及当地作家座谈。在印尼华人作家协会讲话。参观婆罗浮图、印度神庙及巴厘岛。

10月11日　主持全国政协文史与学习委员会第一届"重阳雅集"。

10月13日至16日　出席全国政协常委会。

10月19日至22日　在南京解放军政治学院和江苏省文联、作协演讲。

10月23日　出席巴金葬礼。

10月25日　在马鞍山出席文化部主办的首届中国诗歌节。

10月26日　在安徽师范大学讲课。

11月1日至7日　在成都出席全国政协委员学习研讨班活动和名家艾芜故乡行活动。

11月10日　出席刘白羽追思会。

11月11日　会见辻井乔率领的日中文化交流协会代表团。

11月14日　宴请印尼作家、印尼文学馆馆长阿卡·布迪安达全家。

11月18日　出席中央文献办公室举办的纪念胡耀邦同志活动。

11月18日至22日　在上海参加世界华文报业年会活动。在上海图书馆、上海交通大学演讲。在宜兴考察。

11月23日　出席中国现代文学馆举办的巴金追思会并讲话。

11月29日至12月1日　出席中央经济工作会议。

2006年

1月1日　在国家图书馆文津讲坛演讲。

1月9日　与美国新英格兰地区教育委员会主任杜勃尔（原三一学院院长）在菖蒲公园聚会。

1月10日　出席《夏衍文集》出版发行仪式。

1月11日　在清华大学演讲。

1月13日　在天津图书馆演讲。

2月14日至21日　率中国政府文化代表团访问越南。出席"舞动的北京"摄影展开幕式并讲话。出席中国电影周、黑龙江艺术团演出开幕式。与越南作家协会座谈交流。会见越南政府官员。参观河内主席府、胡志明市总统府、下龙湾、大教堂、文庙、五郡文化中心等。

2月22日　在上海参加中国作协主席团会议及全委会会议。观看迪丽拜尔独唱音乐会。

2月26日至28日　出席全国政协常委会,作文史与学习委员会工作报告。

3月1日至13日　出席全国政协代表大会。作《创新的关键在人才》的大会发言,出席记者招待会。召开文史与学习委员会主任会议。

3月17日　出席朱家溍追思座谈会。

3月20日　在北京大学国际关系学院演讲(用英语)。

3月25日　在协和医学院讲课。

3月31日　在国防大学讲课。

4月11日至13日　在南皮与当地作家座谈,赏梨花,参观酒厂等。

4月14日　宴请俄罗斯翻译家托洛普采夫。

4月25日、28日　出席第三届全国政协委员学习研讨班开班式、结业式。

4月29日　出席"春天文学奖"评委会。

5月8日至17日　在广州海珠区委、暨南大学演讲。受聘深圳大学名誉教授并作演讲。在罗湖书城签名售书。在广西师范学院出席李商隐研究会年会。在广西干部讲座演讲。

5月18日至28日　在澳门拜访马万祺,出席澳门文史工作会议。在香港出席香港政协委员学习会及成立全国政协文史和学习委员会香港组会议。在香港中文大学新亚书院、中央图书馆、中文系演讲。出席"新纪元全球华文青年文学奖"颁奖礼。

5月29日　与余光中、金圣华抵青岛。出席余、金演讲会并作演讲。

6月11日　在北京三联书店与读者见面,签售《王蒙活说〈红楼梦〉》。

6月14日　出席中华文学基金会二十周年与"庄重文文学奖"会议。

6月19日　出席广西文化周闭幕式。观看新版歌剧《刘三姐》。

6月24日　在国家图书馆文津讲坛演讲。

6月30日至7月3日　在贵州贞丰县出席布依族风情节开幕式。在省委礼堂演讲。

7月4日至7日　出席全国政协会议。

7月14日　出席西班牙塞万提斯学院在京的活动。

7月19日　座谈《苏联祭》。宴请聂华苓及衣阿华大学副校长。

8月4日至5日　出席上海书展开幕式并签名售书。

8月21日　主持第六期全国政协委员学习研讨班开班式。

9月19日　在家中会见日本作家团。

9月23日至24日　出席中国海洋大学王蒙文艺思想研讨会并讲话。

9月26日至28日　在济南山东师范大学演讲。参观趵突泉、大明湖，找到崔瑞芳居住过的芙蓉街、小兴隆街20号。

10月13日至16日　出席全国政协常委会，讲《全球化视野中的中华文化》。召开文史与学习委员会主任会。

10月18日　出席《新民晚报》与《文汇报》副刊六十周年纪念会。

10月22日至11月4日　随同贾庆林访问英国、立陶宛、乌克兰。出席中英企业合约签订与论坛、伦敦商业学院孔子商务学院揭牌仪式。参加与立陶宛议长、总统会谈。参加与乌克兰议长的会谈。

11月7日　出席宴请印度新任驻华大使的宴会。

11月10日　出席全国文代会开幕式。

11月23日至12月3日　在温州大学、浙江师范大学、上海中欧国际工商学院、上海大学文学院、苏州工业园高教区、南京邮电大学作有关《红楼梦》的主题演讲。出席当代文学论坛。

12月4日　出席邵荃麟百年诞辰纪念会。出席全国政协文史干部培训结业式。

12月5日至6日　出席中央经济工作会议。

12月7日至16日　访问伊朗。会见伊朗前领导人哈塔米及伊朗副外长、对外文委主任、国会图书馆馆长、大百科出版社社长等。参观色拉子、伊斯法罕、德黑兰的名胜古迹。在伊朗对外文委致词（用波斯语）。

12月19日　宴请伊朗驻华大使和文化参赞。

12月27日　会见印度驻华大使。

12月29日　完成自传第二部《大块文章》。

2007年

1月3日　出席首届北京南皮同乡联谊会并讲话。

1月23日　出席《诗刊》创刊五十周年活动。出席人民文学出版社《骑兵军》发布会。

2月2日　出席伊朗驻华使馆纪念伊斯兰革命胜利二十八周年活动。

2月4日至6日　在石家庄观看新编河北梆子《长剑歌》。在沧州看望老朋友。出席全国大运河沿线各省市文史委主任联席会议并讲话。出席《名沧州》座谈会并讲话。

2月28日　出席全国政协常委会及《委员一日》首发式。

3月1日至15日　出席全国政协会议,作大会发言《同一个世界,同一个梦想》。

3月20日　在全国政协与贾庆林谈协商民主问题。

3月26日　开始创作自传第三部《九命七羊》。

4月2日　与到访的伊朗议员晚餐,谈论伊斯兰文化。

4月14日至21日　与胡芝风、白先勇、金圣华等在中国海洋大学活动。在烟台出席纪念宋萧平八十寿辰座谈会并讲话。

4月25日至27日　出席重庆图书博览会,参观三峡博物馆,给重庆渝中区干部讲读书与人生。

4月28日　接受中央电视台"新闻会客厅"采访。

5月8日　出席第八期全国政协委员学习研讨班开幕式。

5月11日　观看青春版昆曲《牡丹亭》。

5月12日　在北京大学软实力研究班讲课。

5月14日至23日　在安徽师范大学、上海市政协、宝山钢铁公司、上海市科协"科学与艺术"讲坛演讲。出席上海文艺出版社《新文学大系》编委会。

5月24日至25日　在河北科技师范学院、全国政协培训班演讲。

6月21日　出席龚育之遗体告别仪式。

6月24日　与《朝鲜日报》总编辑共进晚餐。

6月25日至27日　在岳阳楼讲《中华传统中的忧患意识》。

6月29日　出席全国政协香港回归十周年征文比赛颁奖会。

7月1日　在北京大学国际关系研究中心演讲。

7月3日至7日　出席全国政协常委会,作大会发言。

7月24日　出席全国政协关于文化建设的专题协商会。

8月11日　与胡启立等参观博爱艺术学校,与维吾尔族学生(孤儿)共进午餐,用维吾尔语讲话。

8月22日　出席"动感韩国"开幕式。

9月3日至14日　访问俄罗斯、捷克、斯洛伐克。出席莫斯科国际图书展中国主宾国活动并作演讲，参观托尔斯泰故居、喀山大学等。会见捷克作家协会领导人，与捷克汉学家和学生座谈介绍中国文学现状，参观伏尔塔瓦河、老城广场、布拉格城堡，观看歌剧《茶花女》。与斯洛伐克作家见面，与斯洛伐克科学院东方研究所汉学家、斯中友协成员座谈，接受采访，参观红石城堡、多瑙河。

9月19日　召开全国政协文史与学习委员会全体会议。

9月20日　出席高占祥作品演唱会。

9月21日　在鲁迅文学院讲课。

9月23日至28日　为中国海洋大学作家碑揭幕、作家楼挂牌。举办张炜、叶辛演讲会。与中国工程院院士秦伯益对谈。

10月8日　出席《牡丹亭》国际学术研讨会并讲话。在北京大学书法研究生班讲课。

10月11日至12日　出席天津大学人文精神与大学教育国际学术研讨会并发言。

10月12日　出席"中国新加坡季"开幕式活动。

10月19日　主持全国政协文史与学习委员会第二届"重阳雅集"。

10月23日　出席中央电台维吾尔语部、中国作协《民族文学》杂志社、新疆维吾尔自治区作协主办的第十六届"汗腾格里文学奖"颁奖会并作演讲。

10月24日至30日　访问韩国。会见高丽大学校长、韩国前外交部部长及夫人。在高丽大学中国学研究中心演讲。与以高丽大学作家群为主的韩国作家座谈交流。出席高丽大学主办，韩国培才大学、德成女子大学、朝鲜大学、西江大学、翰林大学等参与的中国当代文学与王蒙研讨会并作《我的创作历程与文学世界》演讲。参观首尔中国文化中心。会见《现代文化》杂志主编。参观5·18民主烈士陵园。

11月2日　出席全国政协文史工作座谈会，陪同贾庆林、王忠禹、阿不来提、徐匡迪等参观人民政协文史资料工作五十年成果展，听取贾庆林主席报告，向大会作《解放思想、提高认识，积极推进人民政协文史工作不断向前发展》工作报告。

11月8日　在家中招待托洛普采夫。会见韩国客人。

11月11日至17日　在余姚姚江论坛、上海复旦大学、泰州百姓大讲堂、扬州邗江中学演讲。参观河姆渡遗址博物馆、王阳明故居博物馆、泰州中学、胡锦涛故居等。

11月28日　到伊朗驻华使馆出席伊方举办的王蒙散文《伊朗印象》首发式,讲话并接受伊通社采访。

12月2日至5日　出席中央经济工作会议。

12月6日　开始写《老子的帮助》。

12月10日至14日　在山西省图书馆、晋城开发区演讲。参观海子边、钟楼大街、柳巷、双塔寺等。参观郑州河南博物院。

12月23日　在国家图书馆文津讲坛演讲。

12月26日　出席全国政协专门委员会汇报会。

12月27日　观看俄罗斯马林斯基歌剧院乐团专场音乐会。

2008年

1月4日　在军事医学科学院演讲。

1月7日至8日　召开全国政协文史与学习委员会全体委员会议。

1月10日至19日　在中山及珠海大讲堂、澳门中华文化交流协会、深圳市政协、广州越秀区图书馆演讲。参观翠亨村中山故居公园。

1月22日至25日　出席全国政协常委会,得知不再任政协委员。王蒙表示:"很好,把我还给文学史与读者吧。"

1月28日　在政协观看河北梆子演出。

2月27日　出席中国出版政府奖颁奖典礼。

2月29日　出席《委员一日》第二辑首发式。

3月4日　观看纪念周恩来诞辰一百一十周年专场演出。

3月17日　在民生银行讲《老子三章》。出席新任文史与学习委员会主任陈福金宴请。

3月20日　出席庄重文文学奖典礼。《老子的帮助》交稿。

4月5日至15日　在温州大学、浙江师范大学、江苏省图书馆演讲。受聘南京航空航天大学名誉教授并演讲。

4月25日至27日　在郑州图书博览会作《王蒙自传》推介。出席中国编辑学会论坛活动并作演讲。

5月5日　出席中韩文化艺术高层论坛,作《雄辩的与亲和的文学》演讲。接受全国政协纵横音像《口述史》采访。

5月12日至月底　汶川地震。为地震捐款,取消赴哈尔滨等地行程。出席中央电视台募捐大会节目,再次捐款。

5月28日至6月11日　在南京、东莞、广州、深圳、青岛、泰安等地演讲、参观、签名售书。出席《王蒙自传》研讨会。受聘泰安学院兼职教授。

6月18日　在人民大会堂看望万里同志。

7月5日　在北京三联书店与读者见面。

7月14日至8月27日　在北戴河休假、创作。其间回京出席北京奥组委安排的记者见面会,接待泰国公主诗琳通。

9月15日至22日　访问德国。在汉堡大学孔子学院、柏林中国文化中心演讲。拜访联邦议院议长和联邦外交部外交国务秘书,会见汉堡市参议员和汉撒同盟城市文化体育与媒体部主任。与诗人萨碧妮博士对话并朗诵俳句与短歌。接受《汉堡晚报》副主编采访。参观汉堡议政厅、柏林国家博物馆等。

10月9日　出席章仲锷遗体告别仪式。

10月19日至27日　在杭州出席中华民族文化促进会举办的2008中华文化论坛并发言。在上海图书馆演讲,出席上海文艺出版社《新文学大系》编辑会议。在江阴市图书馆座谈。在南京图书馆演讲。

11月6日至14日　出席海洋大学举办的小说论坛并讲话。接受香港有线电视台采访。在威海演讲。出席烟台《红楼梦》学会成立仪式。

11月21日至25日　在厦门出席第六届海峡两岸中华传统文化与现代化研讨会并讲话。在徐州师范学院演讲。

12月8日　在鲁迅文学院翻译班讲课。

12月11日　接受中央电视台国际频道"改革开放三十年"特别节目采访(用英语)。

12月18日　出席纪念十一届三中全会召开三十周年大会。

12月20日至21日　在上海出席第四届两岸经贸文化论坛文化沙龙并发表讲话。在上海书城出席《老子的帮助》新书发布会。

12月23日　出席中国—伊朗友好协会成立大会,当选中伊友好协会名誉主席。

12月25日　出席第四届国家图书馆"文津图书奖"颁奖仪式。

2009 年

1 月 14 日　出席九三学社举办的金开诚追思会。

1 月 16 日　在中南海出席新任中央文史馆员聘任仪式,温家宝总理授与聘书。

1 月 16 日至 20 日　访问泰国。在泰王宫出席诗琳通公主宴请。在朱拉隆功大学讲《中国当代文学生活》。在帕提雅参观。

2 月 9 日　宴请泰国驻华大使及原中国驻泰大使夫妇。

2 月 10 日至 25 日　为北京电视台录制《老子十八讲》。

3 月 6 日至 10 日　访问台湾。出席桂冠诗人颁奖典礼,与诗人郑愁予对谈《文化的力量》。出席《联合文学》宴请。会见元智大学校长,在元智大学人文社会学院演讲《从作家到文化部长》。

3 月 11 日　出席中央文史研究馆弘扬中国传统节日文化座谈会并讲话。

3 月 15 日至 23 日　在广州书城会见记者、签名售书。在佛山市直机关和琼花大剧院演讲。参观佛山祖庙、南风古灶、西樵山等。在香港出席"当代文学六十年"国际学术研讨会并讲话。在厦门大学演讲。

3 月 25 日　出席印度驻华大使的宴请。

4 月 3 日　在九三学社演讲。

4 月 9 日　在泰国驻华使馆出席诗琳通公主宴会。

4 月 10 日　出席李立三夫人回忆录新书发布会。

4 月 16 日　在《人民日报》社演讲。

4 月 17 日　出席林斤澜追悼会。出席全国政协文史馆《中国地域文化通览》编辑研讨会。

4 月 19 日至 26 日　在沧州颐和中学与学生和当地作家见面并演讲。为中国海洋大学"斯文堂"揭牌。在青岛李村师范学院演讲。在青岛新华书店与读者见面。在济南出席书博会开幕式及中国出版集团第二届读者大会。

4 月 29 日　在北京市公安局东城分局演讲。

5 月 6 日　在北京大学百年大讲堂演讲。

5 月 12 日　接待德国作家克里斯蒂·布赫来。

5 月 13 日　出席《中国地域文化通览》第七次编撰会议。

5 月 14 日　在国务院讲《读书与人生互证论》。

5月16日至23日　在合肥中国科技大学出席新安读书月之新安读书论坛并演讲。在镇江图书馆文心讲堂演讲,参观赛珍珠故居、镇江博物馆。在上海图书馆、上海市人事局演讲。

5月25日　在全国政协参事室主任和文史研究馆馆长培训班讲课。

5月26日　会见前德国驻华大使魏科德之子小魏科德。

5月27日　在首都师范大学演讲。

6月3日　在鲁迅文学院讲课。到北京医院看望任继愈先生。

6月8日　在中国人民大学国学院讲课。

6月14日至16日　出席四川音乐学院绵阳艺术学院学术委员会会议。参观地震遗址北川老县城和罗浮山。

6月19日　出席《中国地域文化通览》编辑会,讨论新疆卷。

6月28日至7月5日　在乌鲁木齐出席"中国著名作家看新疆"启动仪式和王蒙写新疆作品研讨会并讲话,出席王蒙演讲暨与新疆作家座谈会,接受采访。参观巴彦岱乡、伊犁博物馆、伊犁河大桥、卡赞奇民俗街。与伊犁各民族作家见面、座谈。在新疆文史馆座谈《中国地域文化通览》编辑工作。在喀什出席"中国著名作家看新疆——走进喀什"欢迎仪式暨首届"喀什噶尔杯西部文学奖"颁奖大会并讲话。

7月7日　在曲艺家协会全国中青年曲艺家创作会议演讲。

7月9日　在石家庄与河北省政府文史馆座谈《中国地域文化通览》编辑工作。

7月12日　出席中国文学思想史学术研讨暨罗宗强先生八十寿辰纪念会。

7月14日　出席《长江文艺》颁奖会。

7月15日至8月19日　在秦皇岛图书节演讲。

8月20日　出席《中国书画家》杂志创刊座谈会并讲话。

8月25日至28日　在河南理工大学处以上干部培训班讲课。

9月5日至8日　在成都新华文轩演讲。出席重庆第二届艺术节开幕式。在重庆文化艺术创新论坛演讲。

9月19日　出席宁波镇海郑氏十七房中国传统节庆论坛并讲话。

9月25日　在北京大学英杰国际交流中心演讲。

10月1日　出席建国六十周年天安门国庆观礼。观看人民大会堂国庆晚会。

10月16日至20日　出席德国法兰克福书展。在主题馆演讲《中国当代文学生活》，在文学馆演讲《革命与文学》。出席主宾国交接仪式。参观歌德故居、德意志之角。

10月29日　出席纪念中国作协和《人民文学》杂志六十周年座谈会。

10月31日　在北京三联书店就《老子十八讲》与读者见面。在中国科协第十八届官产学恳谈会演讲。

11月5日至8日　出席澳门大学授予名誉博士系列活动。出席王蒙作品座谈会，演讲，与澳门大学荣誉学院学生见面。

11月11日至12日　在青岛首届全国老年文化高峰论坛讲《老庄思想与老年学》。

11月13日　在中南海出席中央文史研究馆成立六十周年大会及座谈会，作《老子思想可供执政参考》的发言。

11月13日至17日　在中国海洋大学出席荣誉教授谢冕，驻校作家郑愁予、严力聘任仪式并演讲。在南开大学演讲。

11月25日至30日　访问澳大利亚。在中国驻悉尼总领馆讲《当前文化生活中的若干话题》。在悉尼大学讲《我与六十年来的中国文学》。与当地作家诗人聚会。参观歌剧院、美术馆、鱼市场等。

12月3日　出席《中国地域文化通览》编辑工作会，讨论澳门卷、台湾卷。

12月7日至16日　在安康、西安建筑科技大学演讲。在南京金陵图书馆新馆演讲。在无锡、安徽师范大学演讲。

12月20日　在国家图书馆文津讲坛演讲。

2010年

1月6日　出席魔幻舞台剧《黄粱梦》演出新闻发布会并讲话。

1月8日　出席由北京市委宣传部和中央文史研究馆、国务院参事室共同举办的春节文化论坛并发言。

1月9日　出席《老子十八讲》图书推荐活动并发言。出席《庄子的享受》新书发布会。

1月14日　与司马义·艾买提、司马义·铁力瓦尔地、阿不来提·阿不都热西提及维、汉文艺界有关人士聚会，讨论2012年举办十二木卡姆演出事项。

1月16日　出席《中国作家》创刊二十五周年庆祝会。

1月28日　在石家庄市青年论坛演讲。

2月24日　担任国家基础教育课程教材专家咨询委员会委员。在文化部机关演讲。

3月4日至7日　访问新加坡。出席"蔡逸溪捐赠画展"开幕式。参观新加坡国家图书馆。在"林文庆讲坛"演讲。参观土生华人博物馆。在中国驻新加坡使馆演讲。

3月10日　出席盛大文学网电子书战略发布会。

3月13日　在中关村图书大厦与郭敬明对谈。

3月17日　在国管局培训班讲课。

3月25日　在中国人寿资产管理公司演讲。

3月27日　出席国家机关工委读书活动并演讲。

3月27日至4月3日　在河南省委宣传部文艺创作培训班讲课。在南京市政协演讲,参观南京博物馆。在涡阳县演讲。出席安徽省直机关读书月活动启动仪式并演讲。

4月11日　出席王刚《我本顽痴》发布会。

4月12日　在北京市司局级干部培训班讲课。

4月14日　在国务院机关事务管理局机关讲课。

4月15日至21日　访问台湾。出席"21世纪世界华文文学"高峰会议开幕式及台南站开幕式,在随后的论坛上演讲。出席元智大学聘高行健为"桂冠作家"的活动。

4月23日　在中国科学院国家科学图书馆演讲。

5月5日　在北京医院看望高占祥。

5月7日　在中国传媒大学校庆五十五周年文化名人大讲坛演讲。

5月11日　在北京第二外国语学院"传承文化,诵读经典"讲坛演讲。

5月12日　出席"紧急抢救地震灾区文化遗产成果发布会——从北川到玉树"《羌学文库》《中国唐卡艺术集成·玉树藏娘卷》发布。

5月14日　在中央党校新疆班讲课。

5月15日　出席首届两岸汉字艺术节新闻发布会并讲话。

5月17日至29日　出席苏州大学一百一十周年校庆活动。在宁波出席

"王应麟读书节"开幕式并演讲。受聘绍兴文理学院兼职教授并演讲。在上海奉贤区图书馆、常州信息职业技术学院、盐城图书馆演讲。

6月11日至14日　在苏州出席"城市更新与文化传承——2010年上海世博会"开幕式,出席平行分论坛"城市多元文化的融合与共生"并演讲。参观上海世博园。在杭州市民大讲堂演讲。

6月18日　接待北京艺术基金会来访,谈成立王蒙文学基金会事。

6月23日至30日　在青岛出席《庄子的享受》研讨会。在山东省图书馆、山东省政协演讲。

7月6日　出席李瑞环《务实求理》研讨会并发言。

7月16日　会见李瑞环。

7月29日　在全国暨地方政协教科文卫体委员会办公室工作交流会讲课。

8月2日　在中纪委北戴河培训中心讲课。

8月20日至24日　陪同贾庆林赴新疆和田、伊犁、乌鲁木齐调研。

8月25日至30日　在吉林高端讲坛、黑龙江省图书馆、大庆石油管理局演讲。

9月7日至15日　在石家庄出席《中国地域文化通览》河北卷编纂工作汇报会。在山东省教育电视台讲《红楼梦》。再访崔瑞芳幼时居住地小兴隆街。

9月16日　出席《中国地域文化通览》第十次编撰工作会议。

9月19日　出席《庄子的快活》媒体见面会。

9月22日至26日　率中国作家代表团访问美国。出席中美作家论坛,作主题发言,回答听众提问。因崔瑞芳发病,提前回国,抵京后即赴医院探望。

9月28日　在医院陪同崔瑞芳做手术。

10月23日　在南京出席第六届中国曲艺牡丹奖颁奖晚会。

11月14日　在人民文学出版社座谈。

11月29日　在2010国学思想与中小企业管理创新论坛演讲。

12月7日　出席博集天卷《王蒙的红楼梦(讲说本)》媒体见面会。

12月9日　在301医院研究生院讲课。

12月17日　出席文化部驻外文化中心规划专家座谈会。

12月25日　在王府井新华书店就《王蒙的道理》与读者见面并签名售书。

12月26日　在首都图书馆演讲。

2011 年

1 月 5 日　出席《北京文史》座谈会，出任顾问并讲话。

1 月 6 日　在中央党校新疆班讲课。

1 月 10 日　出席博集天卷《王蒙的红楼梦（讲说本）》新书发布会。

1 月 17 日至 18 日　在桂林出席第九届两岸关系研讨会，并作主题发言《政治情怀与传统文化》。接受东南卫视及深圳卫视联合采访。

3 月 16 日　会见绵阳艺术学院驻北京办事处主任。应邀担任中国儿童文学研究会荣誉会长。担任朱永新创办的"新阅读研究所"特聘顾问。

3 月 18 日　《新文学大系》（总主编王蒙、王元化）获第二届中国出版政府奖提名奖。

3 月 24 日　出席《你好，新疆》研讨会，司马义·艾买提等出席并高度评价该书。

3 月 28 日　出席人民文学出版社六十周年社庆大会。

4 月 7 日　在故宫演讲。

4 月 8 日至 12 日　出席绵阳艺术学院王蒙文学艺术馆奠基典礼。出席中国原生态民歌研究论坛并讲话。出席民歌盛典颁奖晚会并宣读颁奖词。

4 月 14 日　在中组部"传统文化与治国理政之道"司局级干部研讨班讲课。

4 月 15 日　接受《光明日报》关于《你好，新疆》的专题采访。

4 月 16 日至 20 日　出席中国海洋大学举办的毕淑敏作品研讨会。出席海大附中王蒙、毕淑敏作品朗诵会暨附中第十五届读书会闭幕式。与管华诗等讨论第二届"科学·人文·未来"论坛事项。

4 月 25 日　在中国社会科学院良乡校区讲课。

4 月 28 日　参加中央文史研究考察团赴国际广播电台考察。

5 月 6 日至 15 日　参观江门五邑华人华侨博物馆、梁启超故居。在江门党校礼堂演讲。在宁波大学"做人做事做学问"讲坛演讲。在浙江省图书馆演讲。

5 月 20 日　出席中国戏剧学院举办的第四届京剧学国际学术研讨会并讲话。

5 月 22 日至 26 日　在乌鲁木齐国际图书城出席第六届天山读书节启动仪式并讲话。出席《你好，新疆》等四本书维吾尔文版首发仪式及签名售书活动。

出席《你好,新疆》汉文版座谈会。向金叶育才图书室赠书。中国出版集团聂震宁与新疆新闻出版局米吉提·卡德尔签署王蒙书屋合作协议。为自治区直机关干部、文化出版单位人员、青少年学生讲《珍惜与发展新疆的多民族文化》。接受新疆电视台专访。出席《中国地域文化通览》新疆卷编辑座谈会。

5月29日　回复钱正英关于《红楼梦》的来信。

6月6日　出席新疆维吾尔自治区阿不来提主席宴请(司马义副委员长出席)。

6月7日至14日　在山东卫视"新杏坛"录制《与庄共舞》。在济南新华书店与读者见面,签售新书《一辈子的活法》。

6月15日　出席《庄子的奔腾》新书发布会。

6月16日　在中国科学院研究生院讲课。

6月18日　出席万绍芬《秋水长天》首发仪式。

6月24日　出席中央文史研究馆中国共产党建党九十周年座谈会并发言。

6月29日　在中央党校新疆班讲课。

7月3日　在江苏省政协演讲。

9月1日　出席西四北四条小学开学典礼。

9月4日　与崔瑞芳前往门头沟桑峪村探访。

9月6日　出席温家宝总理中央文史研究馆座谈会,作书面发言《对文化发展和改革的一些思考》。

9月8日　在中国文化传媒集团培训班讲课。

9月21日　在鲁迅文学院新疆班讲课。

9月23日　在清华大学经济管理学院高级管理培训班讲课。

9月27日　在爱立信大讲堂演讲。

10月8日　出席全国政协纪念辛亥革命一百周年书画联谊活动并发言。

10月16日至28日　在长沙毛泽东文学院演讲。与湖南作家聚会。在咸阳出席王海《城市门》研讨会并发言。在咸阳师范学院讲课。与陕西交通系统作家座谈。与西藏民族学院领导和陕西作家见面。主持中国海洋大学第二届"科学·人文·未来"论坛开幕式及相关活动,在闭幕式上讲话。出席2011海洋大学诗歌散文创作大赛颁奖式暨诗歌朗诵会活动。参观杨柳青石家大院及年画作坊。在天津市政协演讲。

11月7日　在中国人民大学附中骨干教师培训班讲课。受聘为"国培计划2011中小学骨干教师研修项目"人大附中高中数学班讲座教授。

11月9日　出席中国经社理事会"中华传统文化与软实力"论坛并作主旨发言。

11月22日　出席第八届全国文代会开幕式。

11月23日至12月2日　在深圳华联发展集团公益讲堂演讲。在深圳中心书城签名售书。在武汉大学珞珈讲堂演讲。受聘武汉大学讲座教授、文学院名誉院长。

12月6日　给北京市第八中学教师讲课。

12月8日　在中国艺术研究院成立纪念讲坛演讲。

12月12日至18日　在四川省政协、贵阳中央文史研究馆馆长培训班讲课。参观娄山关、遵义会议会址。

12月20日至21日　在山东省直机关演讲。

12月23日　给北京101中学教师讲课。

12月26日　出席韩美林作品展。

12月28日　接受上海电视台喀什节目组采访。

2012年

1月5日　在中央党校新疆班讲课。

1月8日　出席冯其庸《瓜饭楼丛稿》出版座谈会。

1月10日　出席2012北京图书订货会《印象伊宁》新书发布活动。

1月11日　出席《中国地域文化通览》总编会，讨论新疆卷。

1月14日　审阅中国现代文学馆常设展。出席马识途《党校笔记》《没有硝烟的战线》研讨会。

2月1日　在中央文史研究馆开会，研究社会主义核心价值问题。

2月23日　在中央文史研究馆谈《中国地域文化通览》新疆卷的问题。

2月28日　在新疆迎宾馆出席《中国地域文化通览》新疆卷文稿审读会并讲话。参加张春贤书记、努尔·白克力主席接见及宴请。与新疆维吾尔自治区政府参事、文史馆员及部分学者谈珍惜和发展新疆多民族文化。

3月4日　出席《新疆好》新疆美术作品展开幕仪式并剪彩。

3月5日　崔瑞芳病重，住北京医院。

3月23日16点58分　崔瑞芳在北京医院辞世,离年八十岁。

3月24日至28日　接待到家中吊唁的亲友。

3月29日　在八宝山公墓与崔瑞芳遗体告别。

3月30日　在解放军总后勤部政治部演讲。

4月3日　在家中接待泰国公主诗琳通。

4月8月　出席人民文学出版社《王蒙文集》编辑顾问会。

4月9日　在中组部、北京市委组织部司局长传统文化培训班讲课。参观新疆文史馆名誉馆长哈孜·艾买提画展。

4月13日至18日　出席伦敦国际书展中国主宾国活动。参观莎士比亚故居、海德公园、西敏寺教堂、大本钟、温莎城堡等。出席伦敦书展中国主宾国开幕式。与英国作家玛格丽特·德拉布尔就文学的话题进行对话(用英语)。

4月20日至25日　考察中国海洋大学图书馆、斯文堂,演讲。出席第五届淄博读书节开幕式并演讲。在曲阜师范大学与师生座谈。

4月26日　在国家博物馆讲课。

5月12日　在长江商学院讲课。

5月15日　在公安部警卫局培训中心讲课。

5月18日　陪同专程来华的日中友好协会代表佐藤纯子、木村美智子前往崔瑞芳墓地扫墓。

5月19日　在解放军艺术学院全军文艺骨干培训班讲课。

5月21日至6月3日　在铜陵出席中国知名作家写铜都活动。在铜都讲坛演讲。参观铜陵国际铜雕艺术园、江心洲长江重点水生野生动物保护中心。参观黄山宏村。参观南京阅江楼、静海寺、总统府、夫子庙,拜谒中山陵。在盐城政协讲课。在淮安出席第四届"漂母杯"全球华文母爱主题散文比赛颁奖会并演讲。出席银川第二十二届全国图书交易会及《中国天机》新书发布活动。参观西夏王陵、西部影视城。出席中国出版集团读者大会,与张贤亮对谈。

6月4日　陪同迪里拜尔、赛少华给崔瑞芳扫墓。

6月5日　在国家专利局专利审查北京协作中心中国文化大讲堂演讲。

6月9日　在东城区图书馆演讲。

6月15日　在中南海参加温家宝总理主持的参事馆员座谈会。出席2012老子文化天津论坛开幕式暨天津市周口商会成立典礼,演讲《老子的战略哲学》。

6月27日至7月1日　与上海作家聚会。在上海图书馆演讲。在苏州"兴业名家论坛"演讲。

7月5日　在中央党校新疆班讲课。

7月6日　在北戴河休假,修改长篇小说《这边风景》。出席秦皇岛市第三届读书节开幕式。出席河北出版传媒集团北戴河文化创意基地"北戴河之夏——河北文化名家书画邀请展"开幕式并剪彩。

8月28日　出席《中国地域文化通览》新疆卷、河北卷终审会。

9月5日　在解放军总后勤部司令部演讲。

9月9日　出席"冯骥才七十周年综合展"并讲话。

9月11日　在国务院侨务办公室演讲。

9月17日　在北京诗词学会讲《中国古典诗词传统》。(王蒙是该会名誉会长之一。)

9月20日　在人大附中数学国培班讲课。

9月21日　出席中国政协文史馆开馆仪式。该馆是王蒙任全国政协文史和学习委员会主任时提出并推动立项建设的。

9月21日至28日　在绍兴县图书馆、浙江工业大学演讲。出席《解放日报》"公共外交与跨文化交流"论坛并发言。

10月7日至8日　出席天津"南开杯"第二届全国新相声大赛颁奖仪式并为获奖选手颁奖。

10月9日　在国防大学研究生院讲课,参观国防大学兵器中心。

10月11日　在人大附中语文国培班讲课。

10月22日至26日　在平凉、西安参观、演讲。

10月27日　观看2012全国优秀剧目展演阿勒泰歌舞团演出的《阿嘎加依》。

11月5日至12月4日　出席澳门大学与澳门基金会合作项目文学艺术家驻校计划开幕式并讲话。接受澳门大学荣誉学位并演讲。参观珠海航空展。参观北京师范大学—香港浸会大学联合国际学院,与学生座谈,演讲。在中山市政协、东莞2012中国图书馆年会、澳门理工学院、澳门科技大学、澳门大学"君隆名人论坛"演讲。受聘澳门科技大学荣誉教授。出席澳门大学王蒙文学专题研究会。写短篇小说《明年我将衰老》。

12月12日至23日　出席中国海洋大学驻校作家制度、名家课程体系十周年总结会并讲话。听严家炎演讲《我看金庸小说》。参观2014年世界园艺博览会会址。在长春参观"满影"（长春电影制片厂前身）旧址。受聘东北师范大学兼职教授并作演讲。出席东北师范大学文学院师生座谈会。受聘哈尔滨学院客座教授、人文学院名誉院长。在哈尔滨学院、黑龙江省图书馆演讲。

12月25日　观看中文版音乐剧《猫》。

2013年

1月5日　出席王蒙文学艺术馆举办的《中国天机》座谈会。

1月7日　在中央党校新疆班讲课。与司马义·艾买提、阿不来提·阿不都热西提夫妇、司马义·铁力瓦尔地夫妇、阿依吐拉夫妇、艾克拜尔·米吉提夫妇、依丽苏娅、赛少华、熊远明、王安聚会。

1月16日　与中国作协书记李冰谈举办"王蒙从事文学创作六十年"展览，《王蒙文集》《这边风景》出版，王蒙书屋、王蒙文学艺术馆落成及研讨会等问题。

1月18日　出席赛少华组织的聚会，第一次将单三娅介绍给众人。

1月22日　出席北京三联书店写作者联谊会。

1月30日　接受《中华英才》采访。

2月5日　与单三娅一起出席全国政协副主席阿不来提·阿不都热西提宴请。

2月17日　答复刘云山2月1日关于王蒙小说《较量》的信。

2月26日至3月5日　在云南前沿知识讲座演讲《现代化与少数民族地区文化建设》。参观省文史馆并与馆员座谈。参观玉溪抚仙湖。在武汉市名家讲坛、武汉大学、武汉市政协演讲。参观汉口江滩公园、中山舰博物馆、非遗村、吉庆街、晴川阁等。

3月11日　在文化部机关讲课。

3月20日　在腾讯书院文化讲座讲《这边风景——"文革"文学的困顿与反思》。

3月24日至4月2日　在宁波经理学院演讲。出席浙江农林大学文学院"王蒙作品与环境"研讨会并演讲。在太湖县图书馆演讲，参观县图书馆、赵朴初故里。在南皮县龙堂村给祖父王章峰扫墓。

4月6日　会见泰国公主诗琳通。

4月8日　出席泰国公主诗琳通举行的宴会。

4月9日　接受新疆兵团电视台采访,谈新疆文化的记忆与对兵团文化建设的想法。

4月13日　接受中央电视台"文化大家"采访,谈《这边风景》。

4月14日至17日　在香港中国文化院午餐文化讲座演讲《我的文学人生》。在香港城市大学、香港作家联会与白先勇对谈。在佛山南海区演讲。在海口出席图博会开幕式,出席闫红新书发布会,出席《这边风景》新书发布会。出席西湖读书节活动及浙江文艺出版社成立三十周年研讨会。

4月17日　获中国作家出版集团2012年度优秀作家贡献奖。

4月24日　参观现代文学馆老舍捐赠展。在鲁迅文学院讲课。

4月25日　出席黄济人新书《将军决战岂止在战场》全本首发式。

4月26日　出席国务委员杨晶文史馆考察研究座谈会。

5月7日至12日　在青岛参观游览。在中国海洋大学文新学院与青年作家对谈"时代变局与80一代作家的文学选择",在海大人文讲坛演讲。参观枣庄学院校史馆、世界语博物馆、枣庄煤矿、台儿庄战役纪念馆、台儿庄古城。单三娅第一次陪同出行。

5月18日　出席《文艺报》举办的《这边风景》出版研讨会。

5月19日　在现代文学馆讲课。

5月20日至28日　在乌鲁木齐出席新疆维吾尔自治区人民政府参事室(文史馆)举办的贯彻落实自治区党委文化工作会议精神、推动新疆文化建设座谈会,为自治区人民政府参事员文化交流协会、对外经济交流协会启动揭牌并讲话。出席第八届天山读书节启动仪式并讲话。出席《这边风景》读者见面会。出席新疆人民出版社《这边风景》维吾尔文版翻译启动仪式。参观迪里拜尔工作室、木卡姆乐团。出席张春贤、努尔·白克力的会见、宴请,受聘自治区文化顾问。出席《王玉胡文集》出版座谈会并讲话。给自治区厅以上干部讲《全球化与新疆文化建设》。出席伊宁市巴彦岱镇巴彦岱村王蒙书屋落成暨向王蒙书屋捐赠图书仪式。出席伊犁州新华书城落成仪式和《这边风景》读者见面会。出席巴彦岱为欢迎王蒙举办的歌舞晚会。在伊犁党校讲课,受聘伊犁师范学院客座教授。参观赛里木湖。观看文化部艺术家小分队在察布查尔的慰问演出。在喀什大讲堂讲课,参观大清真寺、喀什老城、香妃墓、盘橐城,瞻仰玉素甫·哈斯·哈吉甫陵墓等。

6月3日至12日　　出席随州海峡两岸炎帝神农文化高端论坛,演讲《祖先崇拜与文化爱国主义》。在随州市委中心组演讲。在武汉经济投资公司演讲。在浙江工业大学演讲。出席浙江工业大学"致青春——王蒙先生作品朗诵会"及"青春万岁——王蒙先生文学创作六十周年学术研讨会"并讲话。出席《钱江晚报》新少年作文大赛颁奖活动。参观西溪湿地、胡雪岩故居、灵隐寺等。

6月15日　　出席第四届中国传记文学优秀作品奖颁奖典礼。《王蒙自传》获奖。

6月16日至17日　　出席滕州首届鲁班文化节活动并在传统文化高端讲座演讲。

6月21日　　审改《王蒙论政》书稿。

6月25日至26日　　在贵阳孔学堂出席"中华文化四海行"启动仪式并演讲。

6月28日　　在解放军艺术学院讲课。

6月29日　　游北京筒子河,忆1979年初刚回到北京时的生活。出席纪念钟敬文先生诞辰一百一十周年座谈会。

6月30日　　完成《八十自述》最后一章。

7至8月　　在中国作协北戴河创作之家创作长篇小说《闷与狂》。其间接受《南方人物周刊》李宗陶访谈。

9月15日　　中篇小说《悬疑的荒芜》获第六届《中国作家》"鄂尔多斯文学奖",出席颁奖典礼。

9月18日　　在北京国际图书节名家大讲堂演讲。

9月27日　　在国家博物馆出席"青春万岁——王蒙文学生涯六十年"展览开幕式。

10月1日　　与单三娅结婚。

10月17日　　在河北省青年作家读书班演讲"《红楼梦》的几个案例"。

10月30日　　在西安图书馆演讲。

12月5日　　在成都金沙讲坛演讲。

12月13日　在中国海洋大学与中科院院士冯士笮、数学家方奇志对谈"数学与人文"。

12月16日　出席人民文学出版社与东直门中学联合举办的"不同的时代,同样的青春——王蒙先生与青少年学生面对面"及《青春万岁》创作六十周年纪念活动。

12月17日　在中共四川省委组织部干部大讲堂演讲。

12月19日　在湖北省图书馆演讲。

2014年

1月21日　在北京参加《当代》杂志举办的"为时代为人民:文学记录中国——《当代》与中国新时期现实主义文学"主题活动并获"《当代》荣誉作家"称号。

2月23日　在广州出席花城出版社主办的"文学的记忆——王蒙长篇小说《这边风景》研讨会"。

3月　首次担任电视节目评委,参加河南卫视文化真人秀节目《成语英雄》第二季录制。

3月19日　携新作《与庄共舞:人生的自救之道》在烟台新华书店参加读者见面会。

3月24日　在济南做客"山青讲坛",受聘为山东青年政治学院名誉教授。

3月25日　在北京出席《光明日报》和国家外文局举办的"在中国最有影响的十部法国书籍"和"在法国最有影响的十部中国书籍"评选活动揭晓仪式。

4月19日　"王蒙文学生涯六十年"七省二市图书馆联展重庆站在重庆图书馆开展。

4月27日　出席人民文学出版社与中国现代文学馆主办的《王蒙文集》发布会暨王蒙创作研讨会。

5月1日　出席绵阳四川文化艺术学院王蒙文学艺术馆开馆仪式及系列学术活动,参观"青山未老——王蒙的艺术与人生"专题展览,出席王蒙文艺思想学术研讨会。

5月23日　在济南山东大众报业集团演讲。

5月24日　在中国现代文学馆出席马识途百岁书法展开幕式。

6月24日　在乌鲁木齐出席《这边风景》维吾尔文版出版座谈会。

7月1日　在中央党校新疆班讲课,谈中华文化生态与新疆各民族文化的重要地位、现代化与民族传统文化。

7月　出席中央文史研究馆在昆明举办的"中华文化万里行"活动。

9月1日　出席"文学大时代:五代作家的跨时代对话暨王蒙最新长篇小说《闷与狂》首发仪式"。

10月15日　出席习近平总书记主持召开的文艺工作座谈会并发言。

10月18日至19日　出席中国海洋大学第三届"科学·人文·未来论坛"并担任论坛主席。

10月22日　出席中国海洋大学王蒙文学研究所主办的"王蒙最新双长篇小说学术研讨会"。

11月3日　在温州出席第二届"林斤澜短篇小说奖"颁奖典礼,获"杰出短篇小说作家奖"。

12月27日　出席国家博物馆举办的"吉光片羽——书法家写王蒙文句展"开幕式。

2015年

1月　乘"三沙1号"去三沙市,应聘为三沙市人民政府顾问。

1月18日　出席《天下归仁》新书发布会。

4月25日　出席绵阳四川文化艺术学院王蒙文学艺术馆建馆一周年系列学术活动。

5月7日　与台湾新竹清华大学学子就"文学为谁而写"进行对话。

5月28日至30日　在中国海洋大学演讲,出席中国海洋大学第一届"行远"诗歌奖颁奖典礼及诗歌朗诵会。

6月1日　在山东师范大学演讲。

6月27日　出席北京师范大学—香港浸会大学联合国际学院(UIC)第七届毕业典礼兼荣誉院士颁授典礼,获聘荣誉院士。

8月16日　第九届茅盾文学奖评选结果揭晓,《这边风景》获奖。

8月19日　在上海出席上海书展及"书香中国"上海周,参加《顾准追思录》新书发布会。

8月26日　出席北京国际图书博览会举办的"新疆故事——王蒙对话忘年交库尔班江"活动。

9月　参加北非—西地中海邮轮游,游览了阿不扎比、迪拜、热那亚、米兰、庞贝、西西里、马耳他、巴塞罗那、马赛等地。

9月8日　出席由人民出版社主办的《李一氓回忆录》出版座谈会。

9月25日　当选第二十五届全国图书交易博览会"十大读书人物"之"读书致敬人物"。

9月29日　出席在中国现代文学馆举行的第九届茅盾文学奖颁奖典礼。

10月17日　在中央民族干部学院与在京学习考察的新疆伊宁市农村"四老"人员交流座谈。

11月3日　出席中国海洋大学主办的"这边风景——王蒙先生系列学术活动",与《人民文学》主编施战军、中国作家协会创作研究部主任何向阳、《当代作家评论》主编高海涛围绕"文学的审美性和当代中国人的审美生活"进行对话。

11月23日　在开罗出席由中外文化交流中心、新世界出版社、开罗中国文化中心以及埃及最高文化委员会共同主办的"发现中国·讲述新疆"讲座和库尔班江·赛买提《我从新疆来》作者见面会。

11月26日　在土耳其国家图书馆出席由中国文化部中外文化交流中心、新世界出版社联合主办的"《我从新疆来》——丝绸之路上的珍珠"作者见面会和土耳其文版新书发布会。

2016年

4月15日至17日　出席四川文化艺术学院王蒙文学艺术馆建馆二周年系列学术活动,出席"尴尬风流——王蒙作品意象刘巨德、谢春燕、于芃、王钊、吉建芳五人绘画展"开幕式,出席王蒙小说集《奇葩奇葩处处哀》研讨会。

4月20日至25日　出席中国海洋大学"2016相约春天"文化艺术节,出席刘西鸿女士中国海洋大学驻校作家聘任仪式。

4月25日至26日　出席江苏泗洪许辉文学馆揭牌仪式并作主题演讲。

4月29日　出席中国艺术研究院主办的《林默涵文论》出版座谈会。

5月10日　在"娄底文化大讲堂"演讲。

5月12日　在"娄东文化大讲堂"演讲。

6月2日　出席国家创新与发展战略研究会与国家外文局共同举办的"读懂中国"丛书第一次作者会议。

6月10日　在香港中央图书馆演讲"放逐与奇缘——我的新疆十六年"。

7月　旅游瑞士。

8月　在中国作家协会北戴河创作之家改稿。

9月10日至13日　在洛杉矶公共图书馆举办的"第二届尼山国际讲坛"与杜克雷先生对谈中国传统文化,在旧金山市立总图书馆演讲。

10月　在山西运城、大寨考察。

10月29日至30日　出席中国海洋大学王蒙文学研究所主办的"向经典致敬:王蒙《组织部来了个年轻人》发表六十周年座谈会"和中国海洋大学、中国李商隐研究会主办的"中国李商隐研究会第九届年会暨唐代文学学术研讨会"。

11月　访问马来西亚,并参加"马华文学奖"颁奖活动并举行文学讲座,参访马六甲。

11月8日　出席国家创新与发展战略研究会与国家外文局举办的"读懂中国"丛书第二次作者会议。

11月30日至12月3日　应俄罗斯圣彼得堡国际文化论坛组委会邀请,出席第五届圣彼得堡国际文化论坛并发表讲话。论坛期间,受到普京总统接见并作为嘉宾发言,拜了中国驻圣彼得堡总领事郭敏女士,参观了普希金读书的皇村木屋餐厅。

2017年

1月16日　出席中共中央政治局常委、国务院总理李克强主持召开的《政府工作报告(征求意见稿)》座谈会。

2月　出席《得民心　得天下:王蒙说〈孟子〉》新书发布会。

3月22日　出席"阅读北京品味书香——2017年度首都市民阅读系列文化活动"启动仪式,受邀担任推广大使,作主题演讲。

4月3日　应邀参加中央电视台"朗读者"第七期,朗读《明年我将衰老》中怀念夫人崔瑞芳的片断。

4月16日　出席绵阳四川文化艺术学院王蒙文学艺术馆举办的"王蒙作品意象绘画展""《奇葩奇葩处处哀》小说集研讨会"。

4月26日　出席山东邹城"2017孟子故里(邹城)母亲文化节"开幕式。

4月28日　出席青岛中国海洋大学王蒙文学研究所主办的"文学与我们的精神生活"圆桌论坛,出席青岛大学文学院和北京鲁迅博物馆等联合举办的

"经典作家与中国现当代文学"国际学术研讨会开幕式并作演讲。

5月21日　出席"中华文化四海行——走进湖南"文化讲坛长沙首场,作"道通合一:漫谈孔孟老庄"演讲。

5月23日　在衡阳石鼓书院"船山故里国学飘香"大讲坛演讲。

5月28日　在中国人民大学继续教育学院、中国实学研究会等联合主办的"见贤思齐国学大讲堂"演讲。

6月　回新疆,在巴彦岱,与当年的大队书记阿西木·玉素甫、民兵队长卡力·艾买提等见面。游库尔勒且末、若羌和塔克拉玛干大沙漠罗布人居住区,在孔雀河泛舟。

6月5日　在河北师范大学演讲。

6月10日　出席深圳图书馆"2017王蒙·文学精品有声阅读艺术节"开幕式并致词荐书。

7月8日　在内蒙古图书馆演讲。

8月10日　出席花城出版社、《花城》杂志举办的第六届花城文学奖颁奖仪式和"2017南国书香节",获"花城文学奖·特殊贡献奖"。

9月3日　出席由中国现代文学馆、上海三联书店联合举办的戴小华《忽如归》作品研讨会和藏品捐赠仪式。

10月3日　出席"中国·月亮湾作家村"启动仪式,并为作家村题写村名。

10月11日　出席由中央文史研究馆、人民出版社主办的《王蒙谈文化自信》出版座谈会。

10月12日　出席绵阳四川文化艺术学院在京举办的王蒙生日宴会。

11月7日至10日　访问日本。接受樱美林大学名誉博士学位,在授予仪式上向该校师生演讲"文学作品中看到的中国思想与文化"。

12月　做客由沱牌舍得酒业与凤凰网联合打造的时代人物高端访谈"舍得智慧讲堂",讲述中国文化自信。《奇葩奇葩处处哀》获第十七届"百花文学奖"之中篇小说奖。

12月10日　出席中国海洋大学王蒙文学研究所等主办的"王蒙先生加盟海大十五周年恳谈会"和"王蒙系列文化新著出版暨王蒙文化思想学术研讨会"。

2018年

1月3日　应中华文学基金会和北京好未来教育科技有限公司邀请录制

"传统文化"课程。

1月11日　出席辽宁出版社"太阳鸟文丛"二十周年活动。

1月19日　与新世界出版社和土耳其有关人士商谈《这边风景》外文出版事宜。

1月20日　在部级领导干部历史文化讲座演讲"文化自信与中华传统"。

2月5日　出席文化部老干部迎春团拜会。

3月5日　与民族大学赵士林教授对谈。

3月7日　接受广东电视台"改革开放四十年"采访。

3月12日至15日　会见住在青岛新疆朋友；主持中国海洋大学"《金瓶梅》：五百年前的风物世情""先锋派与传统性——当代小说艺术的潜在流变""找一种语言参与生活——去写生"等讲座。

3月21日　为文化部机关离退休老同志和西城区读者讲文化自信问题。

3月22日　参观河南戏曲声音博物馆，并作"文化郑州名人行"访谈。在嵩山书局"纸年轮"讲堂讲阅读经典。

3月23日　会见山东出版集团、山东文艺出版社、友谊出版社友人，会见乌兰女士。

3月24日　在济南"大家文学现场"演讲。

3月27日　出席中央文史研究馆馆员双月文化座谈会。

3月31日　出席人民文学出版社和中国作家协会联合举办的韦君宜纪念座谈会。

4月9日　出席张炜《海边兔子有所思》新书首发式及研讨会。

4月12日　在大有书局"大有读书茶座"演讲。

4月13日　探望司马义·艾买提同志。

4月17日　在常熟理工学院演讲。

4月19日　出席余姚"2018阳明心学峰会"并作主旨发言。

4月20日　出席宁波桃源书院祭孔典礼及"四明桃源图"研讨会。

4月22日　在家中接待泰国驻华大使来访。

4月26日至27日　在天津海河名家读书讲堂演讲；参观天津大学冯骥才文学艺术研究院，会见冯骥才先生；欣赏梅花大鼓、相声，听音乐会。

4月29日　在中国整合医学会演讲。

5月3日　在家中接待泰国公主诗琳通来访。

5月6日　出席大型电视纪录片《我到新疆去》首映仪式。

5月8日　出席陈彦长篇小说《主角》研讨会。

5月10日　出席"京东文学奖"评奖现场会。

5月14日　在现代文学馆演讲。

5月16日　在鲁迅文学院现实主义创作题材作家高级研修班讲《红楼梦》。

5月18日至20日　访问古巴。在古巴文联作中华文化讲堂专题讲座;参观海明威故居;参观哈瓦那老城、新城;在中国驻古巴大使馆参加青年读书会活动。

5月22日至25日　访问巴西。在巴西利亚大学、孔子学院拉美中心演讲;参观聂鲁达故居;为中国驻智利使馆官员举办讲座。

5月31日　在北京大学艺术学院演讲。

6月8日至10日　出席广西第一届钦州坭兴陶文化艺术节及南向通道陶瓷博览会开幕式,出席二〇一八年文化和自然遗产日主题活动,参观千年古陶城商业街,为钦州市文化系统领导干部讲传统文化与现代化,在北海市中信公司国安论坛演讲。

6月15日　在中央党校新疆班演讲。

6月19日　在军事科学院研究生院演讲。

6月21日至26日　在新疆乌鲁木齐市、昌吉州、博尔塔拉蒙古自治州、博乐市等地考察调研。

7月4日　在国家旅游局演讲。

8月24日　出席磨铁图书公司"中国智慧"丛书全球出版计划启动活动。

8月25日　出席十月文学院第二届"中国网络文学暨传统文学VS网络文学六家谈"活动。

8月26日　在第十六届北京国际图书节演讲。

9月3日至5日　孙楷第先生之子孙泰来先生,沧州市委副秘书长,南皮县县委书记、县长等分别来访。接受十月文学院专访。

9月8日至19日　地中海旅游。

9月26日　出席绵阳四川文化艺术学院"王蒙文学艺术馆建馆四周年美

术作品展"开幕式及"青春万岁诗文朗诵会"。

9月27日　"改革开放四十周年小说论坛"发布会。《活动变人形》《春之声》入选"改革开放四十年最有影响力四十部小说"。

9月30日　出席向人民英雄纪念碑敬献花篮仪式。

10月8日　出席《十月》杂志四十周年座谈会和朗诵会。

10月10日　出席《马识途文集》发布会，参观马识途书法展。

10月13日至15日　在西安西咸新区演讲，在"中华文化四海行——走进陕西"讲座演讲。

10月17日　看望司马义·艾买提同志家属。

10月18日　在八宝山革命公墓送别司马义·艾买提同志。

10月21日至23日　出席南皮县"张之洞纪念馆"及"王蒙馆"开馆仪式，出席王蒙文学创作成就座谈会。

10月24日　与平谷雕窝村民聚会。

10月25日　在新闻工作者协会演讲。

11月5日　在全国老龄工作委员会演讲。

11月11日至13日　出席中华传统文化青年论坛，出席杜保瑞教授学术报告会。

11月24日至30日　在上海师范大学演讲"说不完的《红楼梦》"，出席"从《青春万岁》到《活动变人形》——王蒙创作谈"读书会，出席"江南文化与新时代"论坛，在上海文史馆座谈。

12月2日至7日　在广州大剧院、深圳大学、南方基金演讲，出席"萧殷文学研讨会暨萧殷文学馆开馆"活动。

12月13日　在中央党校新疆班讲课。

2019年

1月7日　应全国中小学教师读写比赛组委会办公室邀请，在大兴区北京国家教育行政学院讲"格言与故事"。

1月9日　在广西大厦出席聂振宁先生小说选《长乐》再版发布暨研讨会。

1月10日　在国际展览中心出席《王蒙陪读红楼梦》新书首发活动。

1月13日　应国资委企业经理研究中心邀请在原国家行政学院讲"格言与故事"。

2月18日　出席国家图书馆第一届理事会成立大会。

2月26日　在中国现代文学馆出席冯牧百年诞辰纪念座谈会。

3月2日　应中国共产党温州市瓯海区委邀请在温州"崎君讲堂"讲"我的新疆故事与文学创作"。参观琦君故居和琦君文学馆。

3月16日　应宜昌文化和旅游局邀请在宜昌图书馆讲"永远的文学"。文化调研三游洞。

3月17日　在电子科技大学会见学校领导并与诺贝尔文学奖获得者、法国作家勒克莱齐奥先生对谈。

3月18日　会见好友马识途、周啸天。

3月19日　应成都市龙泉驿区总工会邀请讲"阅读经典"。

3月20日　在四川文化艺术学院参观"青山未老——王蒙的文学与人生陈列"等展览。"说不尽的《红楼梦》——王蒙、卜键、梅新林三人谈"活动。

3月21日　应绵阳市富乐国际学校邀请讲"永远的文学"。

4月1日　在上海瑞金宾馆会见王安忆、上海图书馆陈超馆长等。

4月2日　应上海市图书馆与人民出版社邀请讲"道通为一"。

4月3日　应上海市教委邀请讲"道通为一"。

4月9日　应武汉市黄陂区邀请讲"道通为一"。

4月10日　会见海南省委副书记李军。应海口大学邀请讲"道通为一"。

4月18日　应对外经贸大学邀请出席第二届贸大古籍保护论坛活动并演讲。

4月23日　应云南丽江古城保护管理局邀请演讲。考察黑龙潭。

4月25日　应株洲市图书馆邀请讲"道通为一"。

5月9日　上午在天津大学出席"冰河·凌汛·激流·漩涡——冯骥才记述文化五十年国际学术研讨会"开幕式。会见冯骥才、刘诗昆、韩美林等好友。

5月11日　应中国医师协会邀请在杭州出席第十四届中国医师协会神经外科医师分会年会并作演讲"传统文化与身心健康"。

5月12日　考察深圳"2013文化创客园"。在深圳大学出席"手中的笔和脚下的路——与王蒙先生话阅读、创作与人生"活动,与刘洪一、谷雪儿对谈。

5月13日　应《深圳文学》编辑部邀请出席第十五届文博会"2013文化创客园"分会场活动。

5月15日　在国家会议中心出席亚洲文明对话大会。在鸟巢观看亚洲文化嘉年华活动。

5月18日　出席中国海洋大学"致敬共和国文学七十周年·王蒙新作青年分享会"。与管华诗、于志刚等海洋大学领导商讨"科学、人文、未来"论坛事宜。

5月19日　出席郜元宝、宋炳辉兼职教授聘任仪式及郜元宝教授学术报告会"王蒙笔下的女人们——兼谈他的近期新作"。

5月24日　接受中央电视台关于《红楼梦》的专访。

6月6日　被评为为中俄人文交流领域做出贡献的"中方十大杰出人物"。

6月13日　出席窦文涛的"圆桌派"。

6月16日　出席庆祝《光明日报》创刊七十周年座谈会。

6月17日　应中央文史馆邀请为第二届中央文史研究馆中华艺术大家讲习班讲"文化传统与文化自信"。

6月22日　出席中央党校"习近平同志关于中华优秀传统文化思想论述研讨会"并发言。

6月23日　在北京早春书院讲"睡不着觉?"。

6月25日　在中央党校新疆班讲课。

6月26日　为"为你读诗"公众号录制《生死恋》视频。接受新疆广播电视台"我和我的祖国"专访。

6月27日　在门头沟出席"时代领读者"红色读书会启动仪式并演讲。

6月30日　在北京言几又书店出席《生死恋》新书首发活动。

7月5日　应人民文学出版社邀请在skp书店分享创作心得。

7月16日　在人民大会堂出席纪念中国文联中国作协成立七十周年座谈会并发言。

8月25日　应第十七届北京国际图书组委会邀请在北京国际展览中心顺义新馆讲"文化自信和文化定力"。

9月1日　在人民大会堂出席《中国精神读本》新书发布会。

9月4日　接受广东花城出版社和中央电视台采访。

9月8日　在西安出席第四届"诗词中国"颁奖典礼,并为西安市宣传文化干部讲"传统文化与中国特色社会主义文化"。

9月9日　出席国家图书馆建馆一百一十周年"图书馆与时代同行"国际研讨会开幕式。

9月10日　出席叶嘉莹教授"归国执教四十周年暨中华诗教国际学术研讨会"开幕式并讲话。

9月16日　出席历届全国政协委员座谈会。

9月17日　国家主席习近平签署主席令,根据第十三届全国人大常委会第十三次会议表决通过的全国人大常委会关于授予国家勋章和国家荣誉称号的决定,授予王蒙"人民艺术家"国家荣誉称号。

9月20日　接受中央人民广播电视台新闻节目中心"中国之声"、中央电视台新闻中心社会新闻部采访。

9月23日　接受《人民日报》等多家媒体集中采访。接受中共中央、国务院、中央军委授与的"庆祝中华人民共和国成立七十周年纪念章"。

9月25日　出席"庆祝新中国成立七十周年暨王蒙同志被授予'人民艺术家'国家荣誉称号座谈会"。

9月26日　拍摄"人民艺术家"照片。

9月27日　在北京展览馆参观"伟大历程　辉煌成就——庆祝中华人民共和国成立70周年大型成就展"。

9月28日　由夫人单三娅陪同在人民大会堂进行国家荣誉称号颁授仪式彩排。

9月29日　在人民大会堂出席中华人民共和国国家勋章和国家荣誉称号颁授仪式,接受中共中央总书记、国家主席、中央军委主席习近平授与的国家荣誉称号奖章。出席国家荣誉称号获得者交流座谈会。出席庆祝中华人民共和国成立七十周年文艺晚会,观看音乐舞蹈史诗《奋斗吧中华儿女》。

9月30日　出席烈士纪念日向人民英雄纪念碑敬献花篮仪式。出席庆祝中华人民共和国成立七十周年招待会。

11月4日　应中央电视台邀请在紫玉山庄拍摄《故事里的中国》。

11月6日　在中国驻约旦大使官邸与潘伟芳大使会面。

11月7日　考察杰拉什古城。在约旦皇家文化中心出席第四届丝绸之路研讨会并作"文明·文学·文化"的发言。

11月8日　考察城堡山、古罗马剧场和死海。在中国驻约旦大使馆为使馆人员讲中国传统文化。

11月9日　考察耶路撒冷圣墓教堂、哭墙。会见在以色列的苏联汉学家托洛普采夫。

11月10日　参观大屠杀纪念馆。走访以色列诺贝尔文学奖得主阿格农故居并座谈交流。会见中国驻以色列大使詹永新。

11月11日　考察凯撒利亚十字军城堡遗址。出席以色列希伯来作家协会交流座谈会。

11月16日　应国际儒学联合会邀请在人民大会堂出席"纪念孔子诞辰两千五百七十周年国际学术研讨会暨国际儒学联合会第六届会员大会开幕式"。

11月17日　会见中央电视台"一堂好课"主持人康辉和导演等。

11月18日　应北京金融商会邀请讲"传统文化与文化自信"。

11月21日　应中国作协邀请出席《文艺报》《人民文学》创刊七十周年座谈会。

11月23日　应中央电视台、"喜马拉雅"邀请在中央美院录制"一堂好课"。

11月26日　出席文旅部离退休干部局第一党支部参观香山革命纪念馆活动。出席《这边风景》影视化新闻发布会。

11月27日　在中央文史馆学习中共十九届四中全会精神,讨论优秀传统文化对治国理政的启示。

11月28日　应广东出版集团有限公司邀请演讲。参观珠海日月贝大剧院。考察港珠澳大桥,参观西岛和控制室。

11月29日　出席茶道论坛第一届茶文化论坛开幕礼。

11月30日　演讲《文学的世界》。

12月6日　在现代文学馆出席第十届"茅台杯"《小说选刊》年度大奖颁奖活动,《生死恋》获中篇小说奖。

12月7日　应苏州市委宣传部邀请在苏州保利剧院讲"传统文化与文化自信"。

12月8日　在三亚"财经国际论坛"全会上作主旨演讲并在文化界交流环节中致词。

12月12日　应邀在樊登书店(回龙观店)录制"樊登读书会"节目。

12月14日　在北京会议中心出席二〇一九年中国实学大会开幕式。

12月17日　出席《光明日报》"新中国文学记忆"特刊座谈会。

12月18日　应故宫博物院邀请讲"传统文化与文化自信"。

12月25日　在中央党校新疆班讲课。

12月27日　出席《当代》杂志创刊四十周年座谈会。

12月28日　应胡德平先生邀请,在国家博物馆出席"曹雪芹红楼梦与中国文化研讨会"开幕式并致词。

2020 年

1月6日　在国家博物馆参观"隻立千古——《红楼梦》文化展"。

1月8日　在人民大会堂出席"百花迎春——中国文学艺术界二〇二〇春节大联欢"。

1月9日　出席人民文学出版社《王蒙文集》(50卷)发布会。

1月10日　应北京曹雪芹学会和国家博物馆邀请在国家博物馆讲《红楼梦》。

1月13日　出席文化和旅游部春节团拜会。

4月13日　应全国政协文化文史和学习委员会邀请,担任全国政协委员读书活动指导组成员。

4月20日　出席全国政协委员读书活动指导组第一次会议。

4月23日　出席全国政协委员读书活动启动仪式。

5月10日　应人民日报社、作业帮教育公司邀请讲述"爱书还要会读"。

5月18日　应北京市文联邀请,商谈文联七十周年活动事宜。

6月4日　应喜马拉雅公司邀请,开始录制八十回视频"王蒙讲《红楼梦》"。

6月29日　接受中央电视台七一"誓言"节目采访。出席中央电视台《国家勋章和国家荣誉称号获得者系列人物宣传片》发布仪式并致词。

8月26日　在国家大剧院参与北京市文联文艺演出录制。

8月28日　在国家大剧院出席北京市文联文艺演出。

9月8日　应名家大讲堂邀请在北京图书大厦参与文学对话"让文学留住时光,做高龄少年"。

9月10日　到昌平北七家看望画家张文新先生。

9月16日　在黑龙江省政协机关讲"中华文化：特色与生命力"。会见黑龙江省委书记、省人大常委会主任张庆伟、省政协主席黄建盛。

9月20日　应原新闻出版广电总局副局长阎晓宏邀请讲"中华文化：特色与生命力"。

9月21日　外文局录制《治国理政》第三卷音频。

9月22日　出席全国政协委员读书会活动。

9月30日　出席烈士纪念日向人民英雄纪念碑敬献花篮仪式。出席国庆招待会。

10月8日　出席中国海洋大学"秋韵墨意——王蒙先生系列学术活动"。

10月9日　在中国海洋大学讲"永远的文学"。

10月10日　出席中国海洋大学刘醒龙、何向阳、刘金霞驻校作家聘任仪式暨刘醒龙、何向阳学术报告会。

10月11日　在中国海洋大学出席王蒙研究全国联席会议成立大会暨第一次理事会会议，参观王蒙文学馆。出席成立大会并致词。

10月12日　在苏州琵琶语评弹馆欣赏苏州评弹。

10月13日　参观苏州博物馆、沧浪亭等。

10月14日　出席第四届国际化学校行业年会开幕式并演讲"中华文化与人类命运共同体"。

11月2日　在河北南皮出席"青春万岁——王蒙文学作品插图名家新作邀请展"并参观张之洞馆等。文化考察南皮县。

11月11日　在中国社科院与日本儒学专家座谈。

11月14日　应《中国作家》杂志社邀请在北京饭店出席首届"五粮液"杯《中国作家》阳翰笙剧本奖颁奖典礼。

11月22日　应长沙市委宣传部、望城区委邀请出席第二届当代文人书法周开幕式，演讲"文字、文学与文化"。

11月23日　在广州与导演、编剧沟通《活动变人形》改编事宜。出席"我们的文艺生活：王蒙与你面对面"暨舞台剧《活动变人形》启动仪式。

11月24日　应广州文旅大讲堂邀请讲"中华文化：特色与生命力"。

11月25日　应华南师范大学附属中学邀请讲座交流"青春万岁"。应黄埔书院邀请在广东财经大学讲"文学与阅读"。

11月28日　在上海出席中国互联网艺术大会开幕式并作主旨发言。

12月4日　应国际儒学联合会邀请在北京大学出席"中日和合文明论坛——为构建人类命运共同体提供东方智慧"并发言。

12月7日　出席中华文学基金会"王蒙青年文学发展专项基金"捐赠和签约仪式。

12月9日　与中国作协党组书记钱小芊、副主席李敬泽面商"王蒙青年文学发展专项基金"有关事宜。

12月10日　在哈萨克斯坦驻华大使馆出席《阿拜》首发式。

12月12日　应熊光楷将军邀请在民族文化宫出席"熊光楷藏书票展"。

12月14日　应中国科学院大学邀请讲"《红楼梦》的散点透视"。

12月26日　在中国现代文学馆接受《文艺报》专访。

2021年

1月14日　出席全国暨地方政协委员读书经验网上交流会。

2月24日　出席全国政协民族宗教委员会"建设新时代美好新疆"委员读书活动线下交流会，讲"我的新疆故事"。

3月13日　出席中国政策科学研究会"瑞金论坛"嘉宾选题研讨会。

3月20日　在中央电视台录制"朗读者"节目。

3月26日　出席人民文学出版社"繁荣新时代文学创作出版暨人民文学出版社七十周年座谈会"并发言。

4月16日　在中国艺术研究院讲"文学艺术目标与远景"。

4月21日　出席国家图书馆《清代教育档案文献》研讨会。

4月22日　出席中央文史研究馆"中华文化大讲堂"讲座，讲"中华文化：特色与生命力"。

4月24日　出席广西师范大学客座教授聘任仪式并讲"语言的艺术"。参观龙胜县龙脊梯田。

4月25日　参观灵渠和红军长征突破湘江纪念馆。

4月26日　接受广西电视台采访。

4月27日　游览飞虎队遗址公园。

4月29日　在国家大剧院出席庆祝中国共产党成立一百周年"文艺经典中的党史"活动。

4月30日　在嘉德艺术中心参观高占祥画展。

5月11日　在中国艺术研究院参观"丝路怀古——中国艺术研究院工笔画院历年壁画临摹项目成果展"。

5月24日　在国子监彝伦堂出席《国际儒学》创刊发布会并讲话。

5月26日　出席中国海洋大学文化长廊揭幕仪式及中国海洋大学、作家出版社联合举办的《笑的风》学术研讨会。

5月27日　在中国海洋大学讲"文学中的党史与党史中的文学"。

5月29日　在国家行政学院"中国共产党领导力论坛"作主题演讲"文化初心与文化使命"。

5月31日　在首都图书馆讲"文学书籍里的党史百年"。

6月4日　参观赣州郁孤台历史文化街区、福寿沟博物馆。

6月5日　出席中国政策科学研究会首届"瑞金论坛——学习中国共产党的历史学术研讨会"并讲"文化初心与文化使命"。参观中央革命军事委员会旧址等。

6月6日　参观叶坪旧址群、红井旧址群、大柏地旧址、"二苏大"旧址和"长征第一山"云石山,向红军烈士纪念塔敬献花篮。出席红色故都瑞金论坛会址奠基仪式。

6月23日　出席文化和旅游部"光荣在党五十年"纪念章颁发仪式,领誓入党誓词,代表老党员发言。

6月28日　在国家体育场(鸟巢)观看庆祝中国共产党成立一百周年大型文艺演出。

6月29日　在人民大会堂出席"七一勋章"颁授仪式。

6月30日　参观党史展览。

7月1日　在天安门广场出席庆祝中国共产党成立一百周年大会。

7月3日　在新疆伊宁市会务中心讲党课"文化初心和文化使命",在巴彦岱镇出席凤凰出版传媒集团向王蒙书屋赠书仪式,会见巴彦岱老朋友卡力·木拉克、尤里达西·吾休尔、金国柱等,参观伊宁市六星街民俗文化陈列馆、赛努拜尔音乐之家,与出席王蒙研究全国联席会议第一届学术年会和"这边风景独好——名家写伊犁"采风创作活动的人员餐叙。

7月4日　出席王蒙研究全国联席会议第一届学术年会。

7月8日　瞻仰伊吾烈士陵园。

7月9日　在乌鲁木齐会见陈全国、雪克来提·扎克尔、肖开提·依明等自治区负责同志。会见全国人大常委会副委员长顾秀莲等。

8月20日　在天桥剧场观看《活动变人形》舞台剧。

9月13日　在鲁迅文学院接受北京市冬奥会组委会采访。

9月17日　在北京图书大厦出席北京国际图书节组委会"名家大讲堂",讲"党史的文化内涵与党的文化战略"。

9月22日　中央电视台录制国庆晚会视频,会见"人民艺术家"口述史录制团队。

9月23日　出席全国政协读书活动指导小组办公室"委员读书"活动。

9月28日　录制中国文联"时代风尚——中国文艺志愿者崇德尚艺特别节目"。

9月30日　出席向人民英雄纪念碑敬献花篮仪式,出席国庆招待会。

10月9日　参观安徽亳州古井产业园,出席《小说选刊》杂志社和亳州市委宣传部党史教育讲座。

10月10日　参观亳州博物馆等。

10月11日　出席北京市委宣传部"中国网络文学+"大会。

10月13日　应北京出版集团邀请在梅兰芳大剧院作主题演讲"理想与激情"。

10月17日　在四川文化艺术学院参观"(熊光楷将军收藏)上海市延安中学图书馆馆藏签名盖章书刊展",出席王蒙诗文朗诵会。

10月18日　出席四川文化艺术学院校庆活动。

10月20日　出席中央文史研究馆馆员双月文化座谈会。

10月22日　在北京师范大学为中央和国家机关司局级干部研修班讲"传统文化特色与生命力"。

10月26日　在中国共产党历史展览馆出席"繁荣党的出版事业暨人民出版社成立一百周年"座谈会。

10月27日　在首都师范大学讲"永远的文学",受聘首都师范大学荣誉教授。

10月29日　在首都机场集团讲"文学里的党史和党史里的文学"。

11月23日　被评为二〇二一年"《花地》文学榜"年度致敬作家。

11月24日　在中央电视台接受纪录片《孔子和我们》采访。

11月30日　在炎黄艺术馆出席中国艺术研究院成立七十周年艺术大展开幕式。

12月3日　出席二〇二一年全国儿童医院管理年会论坛,讲"儿童健康与儿童文学"。

12月9日　在鲁迅文学院新疆班讲"当代作家写新疆"。

12月14日　在人民大会堂出席中国作家协会第十次全国代表大会开幕式。

12月16日　向中央文史馆报告《关于建设文化强国的一些想法》。

12月24日　在中南海小礼堂出席国务院参事、中央文史研究馆馆员座谈会。

2022年

1月6日　在青岛会见中国海洋大学党委书记田辉,出席《猴儿与少年》学术研讨会。

1月13日　在现代文学馆录制"百花迎春——中国文学艺术界二〇二二春节大联欢"。

1月17日　在中国教育电视台录制"诗意中国"节目。

2月14日　陪同贾庆林参观北京韩美林艺术馆。

2月21日　在现代文学馆接受凤凰卫视"文化大观园"节目采访。

4月7日　出席全国政协文史馆《〈政协文史"亲历、亲见、亲闻"文库〉辛亥革命卷》出版座谈会并发言。

4月13日　在现代文学馆接受中央广播电视总台、中国作协、国家图书馆、人民文学出版社联合举办的"开卷品书香——世界读书日特别节目"采访。

4月18日　在现代文学馆接受中央电视台"鲁健访谈"节目采访。

4月28日　出席北京市东城区"青春团聚　薪火相传"主题活动座谈会。

5月13日　会见中央党校李书磊校长,为中央党校新疆班讲课。

6月11日　在现代文学馆出席同济大学中文系主办的"青春、文学与阅读"讲座,与朱永新先生对谈。

6月21日　与人民文学出版社臧永清社长、李红强总编辑等商讨编辑出版

《王蒙创作70年全稿》相关事宜。

7月27日　为安徽师范大学中国李商隐研究会第十一届学术年会暨国际研讨会录制视频贺词。

8月9日　在中国工艺美术馆接受"功勋人物口述史"采访,参观"大国匠作——走向新时代的工艺美术"展。

8月24日　给鲁迅文学院"芒果TV学习习近平总书记关于文艺工作论述培训班"讲课。

9月5日　在现代文学馆接受中央电视台"面对面"节目专访。

9月20日　在中央党校会见谢春涛校长,为党校全体学员讲"中华传统文化是中华民族的根和魂"并回答提问。

9月22日　在北京天桥艺术中心出席"王蒙青年作家支持计划"年度特选作家颁奖活动,与作协主席铁凝共同为获奖作家代表郑在欢颁奖。

10月20日　为中国纪检监察学院基层党支部主题党日"过集体政治生日"活动录制视频,寄语年轻党员。

10月29日　在国家大剧院参观"光辉的历程——刘宇一画展"和"神州显像聚文星——刘宇一现当代中国文化名人写像展",其中有画于三十五年前的王蒙肖像。留言题字:"贺刘宇一光辉历程画展,大可观也!"

11月3日　为第三十五届金鸡奖颁奖典礼录制黄蜀芹导演获得中国文联终身成就奖的视频短片。为天津大学冯骥才文学艺术研究院"八十个春天——冯骥才与天津"国际学术研讨会录制致词视频。

11月9日　在现代文学馆为广西师范大学九十周年校庆录制视贺视频。

11月20日　在中央歌剧院剧场出席"中国文学盛典'鲁迅文学奖'之夜",为报告文学奖获得者颁奖。

12月2日　以通讯方式出席国家图书馆第一届理事会第七次全体会议,提交《党的二十大精神学习心得》和《对国家图书馆理事会工作的意见和建议》。

12月30日　为人民文学出版社"百位名人接力领读迎新年——文学中国2023跨年盛典"录制视频。

王蒙著作要目

（1956—2022）

中文（简体/繁体）本

1956 年
《小豆儿》,天津人民出版社

1979 年
《青春万岁》,人民文学出版社

1980 年
《冬雨》,人民文学出版社

1981 年
《当你拿起笔……》,北京出版社
《王蒙小说报告文学选》,北京出版社
《夜的眼及其他》,花城出版社
《小说奇葩》,福建人民出版社

1982 年
《相见时难》,中国青年出版社
《深的湖》,花城出版社
《德美两国纪行》,浙江人民出版社

1983 年
《王蒙谈创作》,中国文联出版公司
《漫话小说创作》,上海文艺出版社

1984 年

《青春万岁》(中国现代长篇小说丛书),人民文学出版社

《淡灰色的眼珠——在伊犁》,作家出版社

《木箱深处的紫绸花服》,上海文艺出版社

《橘黄色的梦》,百花文艺出版社

《妙仙庵剪影》,百花文艺出版社

1985 年

《王蒙选集》(4 卷),百花文艺出版社

《创作是一种燃烧》,人民文学出版社

《王蒙谈创作》,中国文联出版公司

《王蒙中篇小说集》,湖南人民出版社

《夜的眼及其他》,花城出版社

1986 年

《访苏心潮》,上海文艺出版社

《王蒙集》(新时期中篇小说名作),海峡文艺出版社

1987 年

《活动变人形》,人民文学出版社

《加拿大的月亮》,作家出版社

《名医梁有志传奇》,北京十月文艺出版社

《文学的诱惑》,湖南文艺出版社

1988 年

《旋转的秋千》,四川文艺出版社

《加拿大的月亮》,台北新地出版社

《活动变人形》,香港天地图书公司

1989 年

《在翡冷翠即佛罗伦萨一个著名餐馆吃夜饭的经历》,中国华侨出版公司

《蝴蝶》,台北远景出版事业公司

1990 年

《球星奇遇记》,人民文学出版社

《王蒙代表作》,黄河文艺出版社

《坚硬的稀粥》,香港天地图书公司

1991 年

《王蒙》(中国当代作家选集),人民文学出版社

《风格散记》,人民文学出版社

《红楼启示录》,生活·读书·新知三联书店

《我又梦见了你》,华艺出版社

1992 年

《坚硬的稀粥》,长江文艺出版社

《王蒙王干对话录》,漓江出版社

《欲读书结》,海天出版社

《一笑集》,内蒙古人民出版社

1993 年

《恋爱的季节》,人民文学出版社

《王蒙文集》(10 卷),华艺出版社

《逍遥集》,群众出版社

《王蒙卷》(中国当代名人随笔),陕西人民出版社

《永远的美丽》,花城出版社

《王蒙散文随笔选集》,沈阳出版社

《王蒙新疆小说散文选》,新疆青少年出版社

《我的喝酒》,成都出版社

《轻松与感伤》,广东旅游出版社

《冬雨》,香港勤+缘出版社

《表姐》,香港勤+缘出版社

《红楼梦启示录》,香港天地图书公司

《红楼梦启示录》,台湾时代风云出版社

1994 年

《失态的季节》,人民文学出版社

《王蒙杂文随笔自选集》,群言出版社

《忘却的魅力》,中国华侨出版社

《王蒙小品》,中国人民大学出版社

《暗杀3322》，春风文艺出版社

《王蒙卷》(中国小说名家新作丛书)，海峡文艺出版社

《王蒙小说自选集》，太白文艺出版社

《王蒙评点红楼梦》，漓江出版社

《九星灿烂闹桃花》，香港天地图书公司

1995年

《来劲》，中共中央党校出版社

《诸神下凡》，中国华侨出版社

《王蒙海外游记》，华文出版社

《王蒙散文自选集》，百花文艺出版社

《四月泥泞》，春风文艺出版社

《王蒙幽默小说自选集》，漓江出版社

《王蒙小说精选》，太白文艺出版社

《淡灰色的眼珠》，台北时报文化出版公司

1996年

《双飞翼》，生活·读书·新知三联书店

《王蒙学术文化随笔》，中国青年出版社

《白衣服与黑衣服》，中国华侨出版社

《琴弦与手指》，《光明日报》出版社

《我是王蒙》，团结出版社

《宽容的哲学》，吉林人民出版社

《随感与遐思》，甘肃人民出版社

《王蒙获奖作品集》，中国工商联出版社

《暗杀3322》，台北风云时代出版公司

1997年

《踌躇的季节》，人民文学出版社

《靛蓝的耶稣》，作家出版社

《王蒙卷》(世界华文散文精品)，广州出版社

1998年

《王蒙卷》(中华散文珍藏本)，人民文学出版社

《王蒙说》,中央编译出版社

《旧宅玫瑰》,上海书店出版社

《王蒙诗情小说》,漓江出版社

《王蒙幽默小说》,漓江出版社

《王蒙荒诞小说》,漓江出版社

《王蒙蠢话》,漓江出版社

1999 年

《王蒙漫游美文》,广东人民出版社

《从实招来》,北京图书馆出版社

《行板如歌》,中国世界语出版社

《王蒙人生小品》,花山文艺出版社

《春堤六桥》,河南文艺出版社

《精神食粮》,华东师范大学出版社

《王蒙说》,香港天地图书公司

2000 年

《狂欢的季节》,人民文学出版社

《活动变人形》(百年百种优秀中国文学图书),人民文学出版社

《我的处世哲学》,中国青年出版社

《行云流水》,陕西旅游出版社

2001 年

《雨点集》,人民文学出版社

《玫瑰春光》,中国华侨出版社

《王蒙讲稿》,上海文艺出版社

《绘图本王蒙旧体诗集》,上海古籍出版社

《绘图本王蒙旧体诗集》(线装版),上海古籍出版社、华宝斋书社

《王蒙格言录》,上海古籍出版社

《王蒙散文》,浙江文艺出版社

《夜的眼》,时代文艺出版社

《王蒙小说精选》,太白文艺出版社

《王蒙卷》(中国国外获奖作家作品集),云南人民出版社

《恋爱的季节》,台北天下远见出版公司

《失态的季节》,台北天下远见出版公司

《王蒙卷》(当代中国文库精选),香港《明报》出版社

2002 年

《心有灵犀》,人民文学出版社

《活动变人形》(人民文学奖获奖书系),人民文学出版社

《王蒙代表作》(修订本),人民文学出版社

《越说越对》,文化艺术出版社

《感悟与献疑》,中共中央党校出版社

《神鸟》,青海人民出版社

《笑而不答》,辽宁教育出版社

《新疆精灵》,上海文艺出版社

《难得明白》,香港生活·读书·新知三联书店

2003 年

《王蒙文存》(23 卷),人民文学出版社

《王蒙自述:我的人生哲学》,人民文学出版社

《王蒙自述:我的人生哲学》(典藏本),人民文学出版社

《接纳大千世界》,春风文艺出版社

《王蒙谈小说》,江西高校出版社

《王蒙郜元宝对话录》,苏州大学出版社

2004 年

《青狐》,人民文学出版社

《活动变人形》(中国文库),人民文学出版社

《活动变人形》(中国当代名家长篇小说代表作),人民文学出版社

2005 年

《王蒙:不成样子的怀念》,人民文学出版社

《青春万岁》(中国文库),人民文学出版社

《尴尬风流》,作家出版社

《忘却的魅力》(当代散文大家精品文库),作家出版社

《王蒙活说〈红楼梦〉》,作家出版社

《王蒙卷》(首届北京文学节获奖作家作品精选集),同心出版社

《王蒙和他笔下的新疆》,上海文艺出版社

《王蒙新世纪讲稿》,上海文艺出版社

《王蒙评点〈红楼梦〉》(增补版),上海文艺出版社出版

《王蒙读书》,复旦大学出版社

《笑而不答》,香港生活·读书·新知三联书店

2006 年

《杂色》,人民文学出版社

《双飞翼》,生活·读书·新知三联书店

《苏联祭》,作家出版社

《王蒙语录》,中国青年出版社

《王蒙精选集》,北京燕山出版社

《半生多事》(自传第一部),花城出版社

《王蒙散文》,吉林文史出版社

《虚掩的土屋小院》,新疆人民出版社

《青狐》,香港和平图书出版社

《不成样子的怀念》,香港和平图书出版社

2007 年

《王蒙说·艺文味道》,中国青年出版社

《王蒙说·智趣从容》,中国青年出版社

《王蒙说·人行天地》,中国青年出版社

《大块文章》(自传第二部),花城出版社

《神鸟》,上海人民出版社

《王蒙作品精编》,漓江出版社

《伊朗印象》,山东友谊出版社

《蝴蝶为什么美丽》,复旦大学出版社

2008 年

《王蒙散文》(中华散文插图珍藏版),人民文学出版社

《不奴隶,毋宁死?——谈"红"说事》,北京十月文艺出版社

《老王小故事》,上海文艺出版社

《王蒙散文》,浙江文艺出版社

《九命七羊》(自传第三部),花城出版社

《我的人生笔记》,时代文艺出版社

《夏天的肖像》,香港《明报》出版社

2009 年

《王蒙小说选》(中国文库),人民文学出版社

《老子十八讲》,生活·读书·新知三联书店

《青春万岁》(共和国作家文库),作家出版社

《活动变人形》(共和国作家文库),作家出版社

《青狐》(共和国作家文库),作家出版社

《王蒙文学十讲》,上海文艺出版社

《组织部来了个年轻人》,花城出版社

《庄子的享受》,安徽教育出版社

《老子的帮助》,华夏出版社

《点亮人生智慧》,山东美术出版社

《只要心儿不曾老》,文汇出版社

2010 年

《庄子的快活》,中华书局

《王蒙的〈红楼梦〉》(讲说本),湖南文艺出版社

《王蒙自述人生》,时代文艺出版社

《庄子的享受》(插图修订珍藏版),安徽教育出版社

《老子的帮助》(插图修订珍藏版),安徽教育出版社

《红楼启示录》(插图增订珍藏版),安徽教育出版社

《我的人生哲学》(插图增订珍藏版),安徽教育出版社

《读书阅人》(插图珍藏版),安徽教育出版社

《幽》(老王系列),安徽教育出版社

《有》(老王系列),安徽教育出版社

《友》(老王系列),安徽教育出版社

《幼》(老王系列),安徽教育出版社

《老子十八讲》,台北三民书局

《王蒙小说精选集》,台北新地文化艺术公司

2011 年

《你好,新疆》,人民文学出版社

《王蒙谈话录》,生活·读书·新知三联书店

《王蒙演讲录》,生活·读书·新知三联书店

《王蒙的〈红楼梦〉》(评点本),中华书局

《王蒙》(文章四家),文化艺术出版社

《一辈子的活法》,北京出版社

《锵锵三人行·王蒙说》,湖南文艺出版社

《庄子的奔腾》,湖南文艺出版社

《王蒙语录》,译林出版社

《满纸荒唐言:王蒙妙解红楼味》,人类智库数位科技股份有限公司

2012 年

《王蒙精选集》,北京燕山出版社

《中国天机》,时代出版传媒股份有限公司、安徽文艺出版社

《我说是的》,线装书局

《老子的帮助》,台北麦田出版

2013 年

《这边风景》,花城出版社

《明年我将衰老》,花城出版社

《中国天机》(王道丛书),贵州人民出版社

《我的人生哲学》(王道丛书),贵州人民出版社

《读书解人》(王道丛书),贵州人民出版社

《红楼启示录》(王道丛书),贵州人民出版社

《老子的帮助》(王道丛书),贵州人民出版社

《庄子的享受》(王道丛书),贵州人民出版社

《庄子的快活》(王道丛书),贵州人民出版社

《庄子的奔腾》(王道丛书),贵州人民出版社

《说王道》,江苏文艺出版社

《王蒙八十自述》,人民出版社

《不革命行吗?》,台湾时报文化出版社

《漫游与发见》,香港中华书局

2014年

《王蒙文集》(45卷),人民文学出版社

《与庄共舞:人生的自救之道》,生活·读书·新知三联书店

《闷与狂》,北京联合出版公司

《王蒙执论》,人民出版社

《王蒙讲说〈道德经〉》(线装本),人民文学出版社

《守住中国人的底线》,北京联合出版公司

2015年

《夏天的肖像》,湖南文艺出版社

《天下归仁》,北京联合出版公司

《文化掂量》,花城出版社

《奇葩奇葩处处哀》,四川文艺出版社

《这个社会会更好吗》,北京联合出版公司

2016年

《得民心 得天下》,浙江人民出版社

《游刃有余》,北京联合出版公司

《王蒙精选集》(6册),北京联合出版公司

2017年

《女神》,四川文艺出版社

《王蒙谈文化自信》,人民出版社

《中华玄机》,天地出版社

《王蒙的诗》,四川文艺出版社

《赠给未来的人生哲学——王蒙池田大作对话》,人民出版社

《王蒙八十自述》,人民出版社

《我的另一个舌头》,东方出版中心

《王蒙自选集·小说卷》,天地出版社

《王蒙自选集·散文随笔卷》,天地出版社

《王蒙讲孔孟老庄》,浙江人民出版社

《王蒙的〈红楼梦〉》(讲说本),北京联合出版公司
《王蒙老庄系列》(5种),北京联合出版公司
《王蒙自传》,北京联合出版公司

2018年
《中国人的思路》,外文出版社
《天地·岁月·人》,中央文史出版社
《守望精神家园》,中央文史出版社
《经典三读》,商务印书馆
《不烦恼:我的人生哲学》,北京联合出版公司
《这边风景》(精装插图本),花城出版社
《笑而不答》(王蒙幽默小品),商务印书馆
《尴尬风流》(王蒙幽默小品),商务印书馆

2019年
《睡不着觉?(王蒙 郭兮恒对话)》,长江文艺出版社
《极致与从容:王蒙经典散文》,山东文艺出版社
《这边风景》(茅盾文学获奖作品全集),人民文学出版社
《生死恋》,广西师范大学出版社
《精进:极简论语》,北京联合出版公司
《个性:极简庄子》,北京联合出版公司
《原则:极简孟子》,北京联合出版公司
《得到:极简老子》,北京联合出版公司
《不争论的智慧:王蒙经典散文》,陕西师范大学出版社
《活动变人形》,中国友谊出版公司
《活动变人形》,人民文学出版社
《青春万岁》(新中国70年70部长篇小说典藏),人民文学出版社
《王蒙妙语录》,人民出版社
《散文精读·王蒙》,浙江人民出版社
《争鸣传统——王蒙 赵士林对谈录》,人民出版社
《写给年轻人的中国智慧》,北京联合出版公司
《有无之间》,江苏凤凰文艺出版社

《王蒙谈列子》,浙江人民出版社

《永远的文学——王蒙、勒·克莱齐奥对谈》,人民出版社

《这边风景》,人民文学出版社

2020 年

《笑的风》,作家出版社

《人生即燃烧》,江苏凤凰文艺出版社

《王蒙讲孔孟老庄》,天地出版社

《王蒙文集》(50 卷),人民文学出版社

《页页情书》,广西师范大学出版社

《忘却的魅力》,人民文学出版社

《赠给未来的人生哲学——王蒙、池田大作对话》,台湾创价文教基金会

2021 年

《猴儿与少年》,花城出版社

《中华文化:特色与生命力》,人民出版社

《中华文化通识课》,中共中央党校出版社

《王蒙新说红楼》,江苏凤凰文艺出版社

《激活儒学》,四川人民出版社

《话里有画 王蒙说》,作家出版社

《青春万岁》(插图版),人民文学出版社

2022 年

《王蒙散文》,人民文学出版社

《治国平天下》(王蒙读荀子),广西师范大学出版社

《静是人生必备的定力》,河北人民出版社

《人生要有所珍视和眷恋》,河北人民出版社

《为自己创造不止一个世界》,河北人民出版社

《〈红楼梦〉八十讲》,人民文学出版社

《天地人生》,江苏人民出版社

少数民族文字译本(未注明文种者均为维吾尔文)

1981 年
《青春万岁》(蒙古文,译者不详),内蒙古人民出版社

1982 年
《故乡行——重访巴彦岱》(艾山·托乎地译),《文学译丛》第 3 期
《心的光》(海热提·阿布都拉译),《文学译丛》第 4 期

1983 年
《文学现状断想》(艾海提·吐尔地译),《文学译丛》第 10 期
《生活呼唤着文学》(乌买尔·托乎地译),《文学译丛》第 11 期

1984 年
《互助》(伊迪力斯·巴拉提译),《文学译丛》第 3 期
《雄辩症》(伊迪力斯·巴拉提译),《文学译丛》第 3 期
《青春万岁》(朝鲜文,金毅泉译),黑龙江朝鲜民族出版社

1985 年
《高原的风》(克里木·霍加译),《文学译丛》第 5 期
《相见时难》(沙比尔·艾力译),新疆青少年出版社

1986 年
《访苏游记》(买买提·普拉提、乌斯满江·萨吾提译),《文学译丛》第 8、9 期

1988 年
《迎接与促进民族精神的新解放》(译者不详),《塔里木》第 2 期
《来劲》(司马义·伊不拉音译),《文学译丛》第 4 期
《满面春风的克里木·霍加》(巴图尔·阿不都鲁译),《文学译丛》第 5 期
《微型小说选》(托忒蒙古文,译者不详),新疆人民出版社

1989 年
《哭老铁》(卡米里·吐尔逊译),《塔里木》第 5 期
《心的光(中短篇小说选)》(沙比尔·艾力、亚森·阿瓦孜、艾合买提江·吾守尔译),民族出版社

《淡灰色的眼珠》(海热提·阿布都拉、米娜瓦尔·艾力、吾甫尔·买买提译),新疆青少年出版社

《淡灰色的眼珠》(哈萨克文,朱满等译),新疆人民出版社

1990 年

《心的光》(译者不详),民族出版社

1991 年

《又见伊犁》(阿布杜许库尔·亚森译),《伊犁河》第 3 期

1992 年

《名医梁有志传奇》(艾丽玛·司马义力译,收录于同名多人合集),新疆人民出版社

1993 年

《接吻》(艾拉·吾买尔巴克译),《文学译丛》第 6 期

《奥地利粥店》(阿依先木·瓦依提译),《文学译丛》第 7 期

《球星奇遇记》(艾合买提·帕萨译),民族出版社

1998 年

《关于九十年代小说》(巴图尔·阿不都鲁译),《文学译丛》第 10 期

2003 年

《维吾尔民歌》(阿斯亚·艾海提译),《腾尔塔格》第 3 期

《我的喝酒》(阿拉提·阿斯木译),《伊犁河》第 5 期

《我的另一个舌头》(雪赫来提·穆罕默德译),《米拉斯》第 6 期

2005 年

《圆月》(阿孜古丽·买合木提译),《文学译丛》第 1 期

2006 年

《亮点与痛点》(乌斯满江·萨吾提译),《塔里木》第 5 期

《阿 Q 可笑的不是"自我安慰"》(雪赫来提·穆罕默德译),《文学译丛》第 10 期

《两难(上)》(乃依木·玉素甫译),《文学译丛》第 11 期

《王蒙笔下的新疆》(图文集),(乌斯满江·萨吾提、吐尔地·阿西木译),新疆人民出版社

2007 年

《两难(下)》(乃依木·玉素甫译),《文学译丛》第 1 期

《全球化背景下的"文化大国"建设构想》(雪赫来提·穆罕默德译),《米拉斯》第 1 期

《塔什干随笔》(阿斯亚·艾海提译),《腾尔塔格》第 3 期

《文学那么重要吗?》(雪赫来提·穆罕默德译),《米拉斯》第 4 期

《我是学生》《学习是我的一切》(雪赫来提·穆罕默德译),《米拉斯》第 5 期

《人文精神与社会进步》(雪赫来提·穆罕默德译),《米拉斯》第 6 期

《蚂蚁的哲学》(阿不力米提·阿不来提译),《文学译丛》第 10 期

2008 年

《沧桑与热情同在》(雪赫来提·穆罕默德译),《米拉斯》第 2 期

《我的处世哲学》(艾孜提艾力·艾海提译),《新疆文化》第 3 期

《人生的"第一智慧"与"第一本源"》(雪赫来提·穆罕默德译),《米拉斯》第 6 期

2009 年

《永忆新疆》(雪赫来提·穆罕默德译),《米拉斯》第 2 期

《苏联文学的光明梦》(雪赫来提·穆罕默德译),《哈密文学》第 4 期

《王蒙作品选·王蒙与维吾尔人》(雪赫来提·穆罕默德译),新疆人民出版社

2010 年

《话题与歧义》(艾孜提艾力·艾海提译),《塔里木》第 1 期

《王蒙小说选》(译者不详),新疆人民出版社

2011 年

《先锋文学失败了么》(雪赫来提·穆罕默德译),《文学译丛》第 1 期

《王蒙作品选·你好,新疆》(海热提·阿布都拉等译),新疆人民出版社

《王蒙作品选·组织部来了个年轻人》(雪赫来提·穆罕默德译),新疆人民出版社

《王蒙作品选·热爱与理解》(雪赫来提·穆罕默德译),新疆人民出版社

2012 年

《王蒙作品选·青春万岁》(雪赫来提·穆罕默德译),新疆人民出版社

《王蒙作品选·临街的窗》(雪赫来提·穆罕默德译),新疆人民出版社

《王蒙作品选·王蒙在新疆》(祖丽呼玛尔·吐尔干、穆合塔尔·马合木提、艾尔肯·吉里力、帕丽达·阿布都热依木译),新疆人民出版社

《中国名作家散文选》(译者不详),新疆人民出版社

《心的光》《高原的风》《歌神》(海热提·阿布都拉、艾合买提·帕萨、仲璐译,收录于《中国著名作家短篇小说》),新疆人民出版社

2013 年

《悬疑的荒芜》(卡米莱·热合曼译,收录于《中国当代文学作品选粹》),新疆人民出版社

《世界游》《人生的"第一智慧"与"第一本源"》《学习是我的一切》《我是学生》(雪赫来提·穆罕默德译,收录于《中国著名作家散文选》),新疆人民出版社

《赴新疆三首》《即景二首》《伊犁三首》《听歌》《雪满天山路》(贾沙莱提·塔西译,收录于《中国当代著名作家诗歌选》),新疆人民出版社

2014 年

《这边风景》(买苏提·哈力提等译),新疆人民出版社

《最后的"陶"》(哈萨克文,译者不详),伊犁人民出版社

2015 年

《闷与狂》(哈萨克文,译者不详),新疆科学技术出版社

2017 年

《别让手机肤浅的浏览毁了你》(阿不都如苏力·买买提译),《新疆文学评论》第 3 期

2019 年

《文学与时代精神》(买买提·艾沙译),《塔里木》第 3 期

2020 年

《浅灰色的眼珠》(哈萨克文,朱满等译),新疆人民出版社

《这边风景》(锡伯文,孔淑瑞、孔肖刚译),新疆人民出版社

《守住中国人的底线》(柯尔克孜文,译者不详),新疆人民出版社

2021 年

《文学里的党史与党史中的文学》(茹仙古丽·阿布都热合曼译),《塔里木》第 10 期

《文学是不会消亡的》(热依赛·阿布迪萨塔尔译),《塔里木》第 12 期

《王蒙八十自述》(买苏提·哈力提译),新疆人民出版社

外文译本

1959 年

《冬雨》(捷克文,博热克·特卡尔奇译),捷克《新东方》杂志第 9 期

《冬雨》(斯洛伐克文,译者不详),出版社不详

《组织部来了个年轻人(8—11 节)》(英文,译者不详,收录于艾德蒙·斯蒂尔曼《苦果——铁幕后知识分子的起义》),纽约 PRAGER 出版社、伦敦 THAMES AND HUDSON 出版社

1980 年

《我们的责任》(法文,译者不详),《中国文学》杂志 4 月号

《说客盈门》《悠悠寸草心》《夜的眼》(英文,译者不详),《中国文学》杂志第 7 期

《组织部来了个年轻人》(德文,顾彬译,收录于顾彬主编《百花:中国当代小说集 1949—1979》),德国 SUHRKAMP VERLAG 出版社

1981 年

《蝴蝶》(日文,相浦杲译),日本大阪三铃书房

《风筝飘带》(德文,译者不详,收录于安德利亚斯·多纳特主编《风筝飘带:中国日常故事》),达姆施塔特/诺伊维德赫尔曼·鲁赫特汉德出版社,法兰克福乌尔施泰恩出版社 1984 年再版

1982 年

《夜的眼》(南斯拉夫文,译者不详),南斯拉夫《年鉴》杂志第 11 期

《不如酸辣汤及其他》(日文,菱沼透、青谷政明译),日本《中国研究月报》4 月号

《王蒙小说选》(法文,译者不详),《中国文学》杂志社

《蝴蝶》(法文,多人译),外文出版社

《悠悠寸草心》(日文,外文出版社日语翻译室译,收录于《草原上的小路:短篇小说佳作 12 篇》),外文出版社

《组织部来了个年轻人》《夜的眼》（俄文，索罗金、斯米尔诺夫译，收录于热洛霍夫采夫、索罗金编《人妖之间》），苏联进步出版社

1983 年

《蝴蝶及其他》（英文，Rui An 等译），《中国文学》杂志社

《组织部来了个年轻人》（英文，白杰明、李孟平译，收录于《香草集》），香港联合出版公司

《悠悠寸草心》（日文，译者不详，收录于上野广生编《现代中国短篇小说选》），日本亚纪书房

《蝴蝶》（俄文，索罗金译，收录于《一个人和他的影子》），苏联青年近卫军出版社

《悠悠寸草心》（德文，译者不详，收录于鲁道夫·瓦格纳主编《中华人民共和国的文学与政治》），法兰克福苏尔坎普出版社

《悠悠寸草心》《说客盈门》（荷兰文，译者不详，收录于《伤痕——新的中国故事》），出版社不详

1984 年

《风筝飘带》（日文，柴内秀实译），日本《无名》杂志第 4 号

《关于"意识流"的通信》（英文，Michael S. Duke 译），*Modern Chinese Literature* 杂志 Vol. 1. No. 1

《海的梦》（罗马尼亚文，康斯坦丁·鲁贝亚努译），罗马尼亚《阿特内马》杂志第 10 期

《夜的眼》（英文，Janice Wickeri、Marilyn Chin 译），*The Iowa Review* 杂志 14（2）

《夜的眼》（英文，Donald A. Gibbs 等译，收录于林培瑞编《花与刺》），美国加利福尼亚大学出版社

《春之声》《海的梦》（俄文，托罗普采夫译，收录于索罗金编《中国现代小说：王蒙·谌容·冯骥才》），苏联消息出版社

《说客盈门》（挪威文，Harald Rekkedal 译，收录于《中国文学精选》），DEN NORSKE BOKKLUBBEN 出版社

《小小小小小》《听来的故事一抄》《越说越对》《雄辩症》（日文，小沢幸二译，收录于《现代中国微型小说选》），日本武田印刷株式会社

《说客盈门》(匈牙利文,鲍洛尼译),匈牙利欧洲出版社

《冬雨》《深的湖》(罗马尼亚文,康斯坦丁译),罗马尼亚书籍出版社

1985年

《浮光掠影记西德》《雄辩症》(德文,译者不详),德国《季节女神》杂志第2期

《常胜的歌手》(德文,译者不详),德国《日报》6月19日

《春之声》(俄文,译者不详,收录于索罗金编《纪念》),苏联文学出版社

《杂色》(俄文,译者不详,收录于李福清编《人到中年》),苏联长虹出版社

《越说越对》《维护团结的人》《互助》《小小小小小》(德文,译者不详,收录于赫尔穆特·马汀等主编《王蒙及其他作家微型小说》),德国科隆欧根·迪德里希斯出版社

《王蒙短篇小说集》(西班牙文,白佩兰译),墨西哥学院出版社

1986年

《风筝飘带》《木箱深处的紫绸花服》《深的湖》(俄文,托罗普采夫译),俄罗斯《外国文学》杂志第9期

《蝴蝶》(德文,集体译),外文出版社

1987年

《活动变人形(第四章)》(德文,玛蒂娜·尼姆布斯译),德国《龙舟》杂志第1期

《蝴蝶》(西班牙文,李德明、尹承东译,收录于《蝴蝶——中国当代中篇小说选》),外文出版社

《夜的眼》《惶惑》《春夜》《听海》《湖光》(俄文,译者不详,收录于《中国当代小说集》),苏联长虹出版社

《夜的眼》(德文,顾彬等译),瑞士第三世界对话出版社

《夜的眼》《温暖》《春之声》《风筝飘带》(荷兰文,译者不详,收录于与王安忆作品合集),荷兰世界之窗出版社

《西藏的遐思》(意大利文,康薇玛译),意大利米兰赛维勒书局

《淡灰色的眼珠》(日文,市川宏、牧田英二译),日本东京德间书店

1988年

《夜的眼》《惶惑》《听海》《春夜》《湖光》(俄文,托罗普采夫译,收录于《中

国现代小说》),苏联莫斯科虹出版社

《冬天的话题》(俄文,译者不详,收录于《中国当代小说选》),苏联莫斯科文学艺术出版社

《蝴蝶》(德文,集体译),外文出版社

《王蒙小说集》《王蒙短篇小说选》(俄文,集体译),外文出版社

《王蒙选集》(俄文,华克生等译),苏联莫斯科虹出版社

《蝴蝶》(德文,格鲁纳等译),德国柏林建设出版社

《王蒙小说选》(德文,译者不详),德国柏林和魏玛建设出版社

《灰鸽》(英文,Liu Shicong、Christine Ferreira 译),THE ANTIOCH REVIEW 出版社

1989 年

《来劲》(法文,译者不详),法国《欧洲》杂志第 1—2 月号

《十字架上》(德文,顾彬、张穗子译),德国《袖珍汉学》杂志第 1 期

《来劲》《坚硬的稀粥》(德文,Michaela Herrmann 译),德国《袖珍汉学》杂志第 2 期

《夜的眼》《扯皮处的解散》(德文,译者不详),德国《季节女神》杂志第 3 期

《活动变人形》(韩文,成民烨译,收录于《中国现代文学全集》),韩国《中央日报》出版社

《说客盈门及其他故事》(德文,尹瑟·考奈尔森等译),德国波鸿布洛克迈尔出版社

《活动变人形(第二、三章)》(德文,艾恩斯特·施瓦茨译,收录于艾恩斯特·施瓦茨主编《爆裂坟墓:中国小说集》),德国柏林新生活出版社出版

《风筝飘带》(英文,译者不详,收录于 Best Chinese Stories 1949—1989),《中国文学》杂志社

《王蒙短篇小说选》(俄文,译者不详),外文出版社

《相见集》《雪球集》(英文,Denis C. Mair、Cathy Silber、Deirdre Huang 译),外文出版社

《布礼》(英文,温迪拉森译),美国华盛顿大学出版社

《布礼》(法文,尚塔尔·什纳德罗译),法国巴黎《人道报》出版社

《活动变人形》(意大利文,康薇玛译),意大利米兰加尔赞蒂书局

1990 年

《蘑菇、甄宝玉与"我"的探求》(德文,译者不详),德国《袖珍汉学》杂志第 1 期

《阿咪的故事》(德文,译者不详),德国《袖珍汉学》杂志第 2 期

《我又遇见了你》(日文,井口晃译),日本《中国现代小说》杂志 7 月号(总第 14 期)

《加拿大的月亮》(日文,杉本达夫译),日本《中国现代小说》杂志 10 月号(总第 15 期)

《木箱深处的紫绸花服》(德文,译者不详),外文出版社

《王蒙小说集》(德文,马汉茂等译),德国 BROCKMEYER 出版社

1991 年

《海的梦》(日文,杉本达夫译),日本《中国现代小说》杂志 1 月号(总第 16 期)

《发见与解释》(德文,译者不详),德国《袖珍汉学》杂志第 1 期

《活动变人形(第二章)》(德文,乌尔里希·考茨译),德国《东亚文学》杂志总第 11 期

1992 年

《坚硬的稀粥》(日文,菅谷音译),日本《文学界》杂志 3 月号(第 46 卷 3 号)

《人·历史·李香兰》(日文,金子秀敏译),日本《经济学家》杂志 11 月号(第 70 卷 49 号)

《活动变人形》(日文,林芳译),日本东京白帝社

1993 年

《逍遥游》(日文,市川宏译),日本《中国现代小说》杂志 1 月、4 月号(总第 24、25 期)

《成语新编》系列(日文,中山文译),日本《火锅子》杂志总第 10—15、17—21 号

《选择的历程》(英文,朱虹译),美国 Chicago Review 杂志 Vol. 39, No. 3/4

《相见时难》(英文,Nancy T. Lin、Tong Qi Lin 译),香港三联书店

1994 年

《好汉子依斯麻尔》《〈淡灰色的眼珠——在伊犁〉后记》(日文,市川宏译),日本《中国现代小说》杂志 7 月号(总第 30 期)

《坚硬的稀粥及其他》(英文,朱虹译),美国 GEORGE BRAZILLER 出版社

《活动变人形》(德文,高力希译),德国 ROMAN WALDGUE 出版社

《幽默小说集》(法文,傅玉霜译),法国 BLEU DE CHINE 出版社

《我又梦见了你》(法文,译者不详),法国 BLEU DE CHINE 出版社

《蝴蝶》(泰文,诗琳通公主译),泰国南美书店

1996 年

《冬天的话题》(德文,译者不详),德国《袖珍汉学》杂志第 2 期

1997 年

《灵气》《孝子》《奇才谱》《马小六》(日文,中山文译),日本《火锅子》杂志 3 月(总第 30、32—34 号)

1998 年

《良缘》(日文,中山文译),日本《火锅子》杂志 1 月(总第 35 期)

《无底先生》(日文,中山文译),日本《火锅子》杂志 3 月(总第 36 期)

《焰火》《没有》《寻湖》(俄文,托罗普采夫译),俄罗斯《今日亚非》杂志第 9 期

《室内乐三章——诗意》《xiang ming 随想曲》《白衣服与黑衣服》(犹太文意第绪语,阿米拉·卡茨译,收录于《好像看着他们自己:中国当代故事精选》),以色列 AM OVED 出版有限公司

《坚硬的稀粥》(意大利文,费伦佐译),意大利 CAFOSCARINA 出版社

《不如酸辣汤及其他》(意大利文,译者不详),意大利拉孔蒂马尔西利奥出版社

1999 年

《春堤六桥》(俄文,扎哈洛娃译),俄罗斯《我们的同时代人》杂志纪念中华人民共和国成立五十周年专号

《王蒙小说选》(英汉对照,Allison Bailey 等译),外语教学与研究出版社、中国文学出版社

《创作的自由:中挪作家论文集》(中英文,孟长江等译),中国摄影出版社

《不如酸辣汤及其他》(意大利文,费伦佐译),意大利 RACCONTI MARSILIO 出版社

《人文精神的危机》(韩文,白文淡译),韩国绿森林出版社

2002 年

《风筝飘带》《春堤六桥》(俄文,译者不详,收录于《二十世纪的中国诗歌与小说:谈过去看未来》),俄罗斯莫斯科 Центрполиграф 出版社

《淡灰色的眼珠》《遥远的西部》(法文,傅玉霜译),法国 BLEU DE CHINE 出版社

2003 年

《笑而不答》(法文,译者不详),法国 BLEU DE CHINE 出版社

《青春万岁》(阿拉伯文,瓦希德·赛义德·阿比斯译),埃及阿米里亚出版事务总机构

《灰鸽》(俄文,托罗普采夫译),俄罗斯《重要人物》杂志 6、7 月号

2004 年

《黄杨树根之死》(俄文,托罗普采夫译),俄罗斯《外国文学》杂志第 5 期

《全球化浪潮与文化大国》(俄文,托罗普采夫译),俄罗斯《远东问题》杂志

《王蒙小说选》(法文,刘汉玉等译),外文出版社

《活动变人形》(韩文,全炯俊译),韩国 MOONJI 出版社

《王蒙和他的新疆》(英文,译者不详),美国《读者文摘》、上海文艺出版社

《王蒙:山坡上向上的脚印》(俄文,托罗普采夫译),俄罗斯莫斯科科学与文学研究出版社

《王蒙中短篇小说集》(俄文,托罗普采夫译),出版社不详

《青春万岁》(阿拉伯文,瓦希德·萨伊德·阿比斯译),埃及 El GEZIRA 出版社

《我的人生哲学》(韩文,林国雄译),韩国 DULNYOUK 出版社

2005 年

《王蒙短篇小说选》(韩文,译者不详),韩国文学出版社

《蝴蝶》(韩文,李旭然、柳京哲译),韩国文学与理性出版社

2006 年

《玄思小说》(日文,釜屋修译,收录于釜屋修主编《同时代的中国文学》),日本东方书店

《蝴蝶》(越南文,范秀珠译),越南人民公安出版社

《活动变人形》(越南文,阮平译),越南文化通讯出版社

2007 年

《大馅饼与喀秋莎》《塔什干晨雨》《苏联祭》(俄文,托罗普采夫、舒鲁诺娃、杰米多译,收录于托罗普采夫编《窗:俄中互望》),俄罗斯莫斯科 ИКЦ Академкнига 出版社

《歌声好像明媚的春光》(俄文,热洛霍夫采夫译,收录于《命若琴弦:中国当代中短篇小说选集》),俄罗斯莫斯科 AST 出版社、圣彼得堡 ASTREL-SPB 出版社

《听海》《海的梦》《木箱深处的紫绸花服》《灰鸽》《失去又找到了的月光园故事》《春之声》《老王小故事(节选)》《行板如歌》(俄文,托罗普采夫译,收录于华克生编《中国变形:当代中国小说散文选》),俄罗斯莫斯科东方文学出版社

《雄辩症》《维护团结的人》《小小小小小》《越说越对》(英文,Joseph S. M. Lau、Howard Goldblatt 译,收录于《哥伦比亚当代中国文学选集》),美国哥伦比亚大学出版社

《王蒙、冯骥才小说选集》(俄文,托罗普采夫译),俄罗斯莫斯科科学与文学研究出版社

《活动变人形》(俄文,华克生译),俄罗斯莫斯科科学与文学研究出版社

《青狐》(越南文,阮伯听译),越南劳动出版社

2009 年

《蝴蝶》(英文,译者不详),外文出版社

《我的人生哲学》(越南文,范秀珠译),越南作家出版社

《苏联祭》(越南文,吴彩琼译),越南世界出版社

2010 年

《苏联祭》(越南文,吴彩琼译),越南世界出版社

2011 年

《庄子的享受》(韩文,许裕英译),韩国 DULNYOUK 出版社

2012 年

《红楼启示录》(韩文,译者不详),出版社不详

2013 年

《庄子的快活》(韩文,许裕英译),韩国 DULNYOUK 出版社

《老子的帮助》(韩文,译者不详),韩国丝路出版代理

2014 年

《蝴蝶及其他》(英文,Denis C. Mair 译),外文出版社

《活动变人形》(俄文,华克生译),俄罗斯莫斯科 ИКЦ Академкнига 出版社

《王蒙文集》(俄文,译者不详),出版社不详

《中国天机》(越南文,胡玉明译),越南洪德出版社

2015 年

《蝴蝶》(英文,译者不详),外文出版社

2016 年

《访日散记》(日文,饭冢容译,收录于张竞、村田雄二郎编《日中文艺一百二十年》),日本岩波书店

2017 年

《伊朗印象》(英文,裴荻菲译),山东友谊出版社

《天下归仁(节译版)》(日文,李海译,川西重忠校),日本亚欧综合研究所

《赠给未来的人生哲学——王蒙、池田大作对谈》(日文,译者不详),日本潮出版社

《中国天机》(德文,马丁·沃斯勒译),德国欧洲大学出版社

《这边风景》(印度尼西亚文,译者不详),印度尼西亚跨知识发展出版社

《伊朗印象》(波斯文,万克·法译),伊朗梅合力干出版社

《伊朗印象》(阿拉伯文,译者不详),伊朗梅合力干出版社

2018 年

《中国人的思路》(英文,梁晓鹏译),外文出版社

《王蒙自传》(英文,朱虹、刘海明译),MERWIN ASIA 出版社

2019 年

《中国人的思路》(英文,译者不详),外文出版社

《中国天机》(英文,王雪明译),新世界出版社

《青春万岁》(英文,Duncan Campbell 译),山东友谊出版社、尼山书屋

《这边风景》(俄文,阿列克谢·莫纳斯特尔斯基译),俄罗斯尚斯国际出版社

《这边风景》(韩文,金胜一译),韩国耕智出版社

《这边风景》(越南文,译者不详),越南胡志明市文化艺术出版社

2020 年

《这边风景》(波兰文,Patrycja Spytek、Mariusz Wydra 等译),波兰马尔沙维克出版集团

2021 年

《木箱深处的紫绸花服》(日文,船越达志译,收录于沼野充义、藤井省三编《被囚》),日本名古屋外国语大学出版社

2022 年

《这边风景》(阿拉伯文,Mira Ahmed 译),阿联酋指南针出版社

《这边风景》(哈萨克文,别克然·卡特别科夫译),哈萨克斯坦东方文献出版社

《这边风景》(乌克兰文,译者不详),乌克兰索菲亚出版社

《这边风景》(土耳其文,Dilek Yener、Soner Torlak 译),土耳其卡努出版社

王蒙主要研究资料索引

（1956—2022）

评论及论文

1956 年

关于小说《组织部新来的青年人》的讨论　《北京日报》12 月 8 日

生活的激流在奔腾　林颖　《文艺学习》第 12 期

一篇严重歪曲现实的小说　增辉　《文艺学习》第 12 期

清规戒律何其多　王践　《文艺学习》第 12 期

林震值得同情吗？　王恩　《文艺学习》第 12 期

生动地揭露了新式官僚主义的嘴脸　王冬青　《文艺学习》第 12 期

真实呢？还是不真实？　李滨　《文艺学习》第 12 期

林震是我们的榜样　唐定国　《文艺学习》第 12 期

新的花朵《组织部新来的青年人》　谢云　《文艺报》第 20 期

1957 年

可喜的作品,同时也是有严重缺点的作品　长之　《文艺学习》第 1 期

我对《组织部新来的青年人》的意见　彭慧　《文艺学习》第 1 期

一个区委干部的意见　戴宏森　《文艺学习》第 1 期

写真实——社会主义现实主义的生命核心　刘绍棠、从维熙　《文艺学习》
　第 1 期

不健康的倾向　一良　《文艺学习》第 1 期

伤了花瓣的花朵　赵坚　《文艺学习》第 1 期

去病和苦口　邵燕祥　《文艺学习》第 1 期

作品中的真实问题　杜黎均　《文艺学习》第 2 期

一篇有特色的小说　王培萱　《文艺学习》第 2 期

要实事求是地分析作品　江国曾　《文艺学习》第 2 期

林震究竟向娜斯佳学了些什么　艾克恩　《文艺学习》第 2 期

准确地去表现我们时代的人物　马寒冰　《文艺学习》第 2 期

林震及其他　邓啸林　《文艺学习》第 2 期

我们感受到时代的精神——评《组织部新来的青年人》　王愚　《延河》第 2 期

达到的和没有达到的　秦兆阳　《文艺学习》第 3 期

谈刘世吾性格及其他　唐挚　《文艺学习》第 3 期

道是无情却有情　刘宾雁　《文艺学习》第 3 期

一篇充满矛盾的小说　康濯　《文艺学习》第 3 期

关于《组织部新来的青年人》的讨论　长之等　《文艺学习》第 3 期

读了《组织部新来的青年人》的感想　艾芜　《文艺学习》第 3 期

动机与效果为什么发生矛盾？　萧殷　《北京文艺》第 3 期

关于小说《组织部新来的青年人》的讨论　本刊记者　《新华半月刊》第 4 期

让我们感受到时代的精神——评《组织部新来的青年人》　王愚　《延河》第 11 期

文学上修正主义思潮和创作倾向（节录）　姚文元　《人民文学》第 11 期

所谓"干预生活""写真实"的实质是什么？　李希凡　《人民文学》第 11 期

从几篇作品谈艺术的真实性问题　敏泽　《文艺报》第 12 期

评《组织部新来的青年人》　李希凡　《文汇报》2 月 9 日

什么是典型环境？——与李希凡同志商榷　唐挚　《文汇报》2 月 25 日

关于《组织部新来的青年人》的讨论　徐凯　《光明日报》3 月 2 日

"典型环境"质疑——与李希凡同志商榷　周培桐、杨田村、张葆莘　《光明日报》3 月 9 日

一篇引起争论的小说　林默涵　《人民日报》3 月 12 日

林震、赵慧文及其他——复一个大学的青年读者　艾之　《中国青年报》3

月 14 日

严肃对待作家的创作劳动——《人民文学》编者修改小说《组织部新来的青年人》有错误　《人民日报》5 月 7 日

《人民文学》编辑部对《组织部新来的青年人》的讨论　《人民日报》5 月 8—10 日

《人民文学》编辑部对《组织部新来的青年人》原稿的修改情况　《人民日报》5 月 9 日

同文艺界代表的谈话（1957 年 3 月）　毛泽东　《毛泽东文集》第七卷，人民出版社 1999 年

1978 年

熟悉而又陌生的人——谈王蒙小说的人物塑造　阎国忠　《新疆文艺》第 10 期

1979 年

王蒙的"处女作"——《青春万岁》　刘兴辉　《新文学论丛》第 1 期

革命变革时期的文学——谈 1978 年的短篇小说创作　何西来、田中木　《文艺报》第 2 期

开不败的花朵——从《重放的鲜花》谈反官僚主义文学的历史命运　杨志杰、彭韵倩　《新文学论丛》第 2 期

学习与思索——读二十五个得奖短篇札记　秦兆阳　《文学评论》第 3 期

文艺应肩负起"干预生活"的使命——重读《组织部新来的青年人》　王吉有　《辽宁大学学报》第 5 期

谈文艺作品的民族特色——读王蒙的短篇小说　刘宾　《新疆文艺》第 5 期

掉一滴滚烫的眼泪——读王蒙同志的短篇小说《最宝贵的》　文定讴　《新疆日报》6 月 17 日

真正的青春——评《青春万岁》　王鸿英　《人民日报》7 月 14 日

1980 年

对于文学创作的一个回顾和展望——兼谈革命作家的庄严职责　冯牧　《文艺报》第 1 期

读读吧！为了"最宝贵的"！　许震锋　《牡丹》第 2 期

也谈睁开眼睛看生活——与王蒙同志商榷　冯能保　《文艺理论研究》第2期

布尔塞维克的敬礼——读王蒙的《布礼》　夏耘　《文艺报》第2期

读《青春万岁》致王蒙　刘思谦　《读书》第3期

现代青年心灵的一隅——读《风筝飘带》　曾镇南　《新文学论丛》第3期

王蒙小说中"意识流"手法的运用　张放　《文艺理论研究》第3期

心灵深处唱出的歌——读王蒙的小说《夜的眼》《春之声》《海的梦》　曾镇南　《新文学论丛》第4期

生活的波流——读《布礼》与《蝴蝶》　刘思谦　《新文学论丛》第4期

小说出现新写法——谈王蒙近作　阎纲　《北京师范学院学报》第4期

为了塑造更丰富更美丽的灵魂——评王蒙近作的新探索　刘淮、郗瑢　《北京师范学院学报》第4期

谈王蒙小说创作的创新　陆贵山　《北京师范学院学报》第4期

勤奋的探索，勇敢的创新——王蒙创作讨论情况综述　《北京师范学院学报》第4期

现实主义和"意识流"——从两篇小说运用的艺术手法谈起　李陀　《十月》第4期

王蒙的创作和新时期文学发展的趋向　刘梦溪　《十月》第5期

从《悠悠寸草心》想到的一些问题　魏拨　《福建文艺》第5期

引人注目的探索——评王蒙的近作兼论创作方法的多样性　克非　《学习与探索》第6期

他们象征着未来——试析王蒙短篇新作《风筝飘带》　何新　《北京文艺》第7期

创造新的艺术世界——试论王蒙近年来的艺术探索　方顺景　《文艺报》第8期

"敢笑，才是敢生活"——试评王蒙小说《买买提处长轶事》　大慧　《新疆文学》第10期

独具匠心的佳作——评王蒙《夜的眼》　何新　《读书》第10期

不要背离读者——兼和王蒙同志商榷　任骋　《文艺报》第12期

小说创作的新探索——关于王蒙近作的讨论　《文学研究动态》第22期

"创作总根于爱"——阅读琐记 伊默 《人民日报》1月30日

含泪的讽劝——《悠悠寸草心》《说客盈门》读后 丹晨 《工人日报》2月14日

就是要"来真格的!"——短篇小说《说客盈门》的思想意义 行人 《光明日报》2月20日

谈王蒙的近作 洁民 《光明日报》3月5日

"一切景语皆情语"——读王蒙的短篇小说《春之声》 周姬昌 《人民日报》7月2日

他在吃蜗牛 刘心武 《北京晚报》7月8日

"复调小说"和"怪味小说" 刘心武 《北京晚报》7月12日

给王蒙同志的信 严文井 《北京晚报》7月21日

"失望"为时过早 袁良骏 《北京晚报》7月30日

广阔天地任飞翔——王蒙《风筝飘带》读后 章仲锷 《北京日报》8月7日

问号上的句号——谈"读者群" 李陀 《北京晚报》8月18日

引人注目的探索——围绕王蒙同志小说创作开展的讨论 仲呈祥 《文汇报》8月27日

发掘人物的内心世界——王蒙新作《蝴蝶》读后 陈骏涛 《文汇报》8月27日

需要有一点幽默感——也谈《风筝飘带》 曾镇南 《北京日报》9月18日

王蒙的新探索——谈《蝴蝶》等六篇小说手法上的特点 张钟 《光明日报》9月28日

1981年

论王蒙近三年的中短篇创作 周鉴铭 《南宁师范学院学报》第1期

"意识流"小说在中国的两次崛起——从《狂人日记》到《春之声》 杨江柱 《武汉师范学院学报》第1期

从林震到吕师傅——王蒙创作管窥 杨桂欣 《文艺理论研究》第1期

浅论作家揭露生活——从王蒙《说客盈门》谈起 张生筠 《牡丹江师范学院学报》第1期

浅谈王蒙近作的创新 江冰 《江西大学学报》第1期

漫谈王蒙的创作个性　刘长海　《新疆师范大学学报》第1期

有浓度和热度的幽默感——谈王蒙的三篇小说近作　曾镇南　《新疆文学》第2期

一束奇异的花——读《布礼》等小说后给王蒙的一封信　张炯　《芒种》第2期

王蒙找到了什么？——评王蒙近期小说创作的得失　李从宗　《思想战线》第2期

对生活的深刻思索——读王蒙近作札记　周刚　《沈阳师范学院学报》第2期

浅谈王蒙小说的人物刻画　赖征海　《江西师范学院学报》第2期

王蒙的《春之声》和现实主义流派　郑应杰　《哈尔滨文艺》第3期

从舒婷的诗谈到王蒙的小说　陈骏涛　《福建文学》第3期

王蒙的《海的梦》　木令耆　《读书》第3期

本质·主流·光明及其他——与计永佑同志商榷《风筝飘带》　张孝评　《延河》第4期

关于王蒙作品的评价问题　贺光鑫整理　《文学评论》第5期

读《关于创作的通信》　赵洪峰　《文学评论》第5期

思考的文学——读王蒙新作《深的湖》　柴兆明　《社会科学》第5期

"别忘记我们"——读《蝴蝶》　王东明　《读书》第6期

时代的聚光镜——中篇小说中的社会主义新人塑造　肖云儒　《文艺报》第8期

有益的探索——关于"意识流"和王蒙新作的讨论添丞　《作品与争鸣》第8期

两代人的青春之歌——读王蒙《深的湖》　曾镇南　《读书》第9期

谈现实主义文学与典型化——兼与王蒙同志商榷　吕晴飞　《北京文学》第12期

在生活矛盾中发现自己——王蒙近作漫评　洪子诚　《当代文学研究丛刊》（2）

心灵的搏斗与倾吐——王蒙的创作　何西来　《文学评论丛刊》第10辑

不可小看道德的"异化"现象——读《风筝飘带》一得　谢琼植　《长江日

报》1月22日

探索通向心灵的道路——评王蒙小说近作　张学正　《天津日报》2月14日

不拘一格,开阔题材——从《青春万岁》再版谈起　包立民　《北京日报》3月12日

关于王蒙近作的讨论　梁东方　《光明日报》5月1日

《蝴蝶》的巧思——王蒙作品札记　章子仲　《〈夜的眼〉及其他》,花城出版社

1982年

王蒙艺术追求初探　郑波光　《文学评论》第1期

王蒙近作一些值得注意的问题　蓝田玉　《文学评论》第1期

忠于生活,思考生活——评王蒙近作的艺术手法　石萧　《钟山》第1期

勇敢的探索,新辟的蹊径——读王蒙近作札记　周刚　《沈阳师范学院学报》第1期

关于王蒙创作讨论中几个问题的意见　李幼苏　《当代文艺思潮》第2期

论王蒙的小说　张韧　《新文学论丛》第2期

我看王蒙的小说　刘绍棠　《文学评论》第3期

追随着时代前进的步伐——致王蒙同志信　徐怀中　《文学评论》第3期

王蒙找到了自己　冯骥才　《文学评论》第3期

合乎规律的探索——王蒙小说《海的梦》及其他　王振铎　《中州学刊》第3期

王蒙近期小说的语言风格散论　曹布拉　《浙江学刊》第4期

浅谈王蒙小说的艺术开拓——兼与郑波光同志商榷　皇甫积庆　《青海社会科学》第6期

《相见时难》的开拓——读王蒙作品札记之二　章子仲　《武汉师范学院学报》第6期

话说王蒙　冯骥才　《文汇》第7期

读王蒙的《杂色》　高行健　《读书》第10期

扎根在现实的土壤上——读小说《相见时难》　程德培　《文汇报》9月24日

关于王蒙的小说创作　南棕　《1981年北京文艺年鉴》,工人出版社

1983年

探寻者的心踪——王蒙近年来的创作　何西来　《钟山》第1期

试论《风筝飘带》的美学特征　林兴宅　《厦门大学学报》第1期

向心灵深处开掘——谈王蒙的小说近作　田川流　《山东师范大学学报》第1期

一只有光明尾巴的现实主义的"蝴蝶"——评王蒙的中篇《蝴蝶》　〔美〕菲尔·威廉斯　《当代文艺思潮》第1期

评《相见时难》——兼谈王蒙艺术探索的得失　曾镇南　《小说林》第1期

王蒙,金钥匙在哪里?　宋耀良　《华东师范大学学报》第1期

海的梦　曾卓　《文汇》第1期

论王蒙小说的幽默风格　陈孝英　《文学评论》第2期

广泛的真实性原则——论王蒙的艺术追求　畅广元　《陕西师范大学学报》第2期

继承·借鉴·民族化——从王蒙的近作谈起　滕云　《十月》第2期

王蒙小说思想漫评　吴亮　《文艺理论研究》第2期

也谈《杂色》　曾镇南　《作品与争鸣》第3期

王蒙创新试验的性质和方法问题　金宏达　《芙蓉》第4期

王蒙没有藏金钥匙——与宋耀良同志商榷　傅书华　《华东师范大学学报》第5期

对小说《相见时难》的不同看法　春芳　《作品与争鸣》第6期

突破创新与风格、流派、手法多样化——从王蒙对意识流技巧的借鉴谈起　陈孝英　《延河》第8期

荒谬的颠倒——评王蒙《莫须有事件——荒唐的游戏》　蔡翔　《读书》第10期

为了"更加成熟的文学"——谈王蒙1982年的小说创作　王东明、徐学清　《文学报》3月3日

1984年

"经""纬"交错的小说新结构——试论王蒙对小说结构的探索　陈孝英、李晶　《当代作家评论》第1期

在社会主义文学的道路上不断求索——论王蒙小说的创作思想和艺术特征　徐俊西　《当代作家评论》第2期

心理信息的快速追踪:《风息浪止》赏析　赵宪章、安凡　《钟山》第2期

简论王蒙的艺术风格　方位　《昆仑》第3期

论王蒙小说结构艺术的创新　周峻　《国际政治学院学报》第3期

富于创造性的文学探求——评王蒙的《漫话小说创作》及其他　陈骏涛　《文学评论》第3期

致王蒙　何士光　《当代作家评论》第4期

王蒙对文学创作的探究　〔苏〕C.托罗普采夫　《钟山》第5期

在广阔的现实主义道路上——读王蒙1983年小说散记　陈孝英、李晶　《当代作家评论》第5期

王蒙中篇小说《杂色》的象征　郑波光　《当代文坛》第10期

他以自己的方式写着严肃的人生——读王蒙的系列小说《在伊犁》　周政保　《文艺报》第12期

1985年

《蝴蝶》与"东方意识流"　石天河　《当代文艺思潮》第1期

王蒙:创作探索和收获　〔苏〕C.托罗普采夫　《当代文艺思潮》第1期

简约美:王蒙小说语言修辞特色之一　楼友勤　《新疆师范大学学报》第2期

论王蒙的小说观念　费振钟、王干　《当代作家评论》第3期

王蒙与庄子　张啸虎　《当代作家评论》第3期

王蒙文学评论的特色　黄书泉　《当代作家评论》第3期

《在伊犁》:王蒙的幽默与思情　周政保　《小说评论》第4期

人总是要前进的:《高原的风》读后　余心言　《文艺报》第4期

伊犁:失去诗的诗人心中的诗——读王蒙《在伊犁》系列小说　曾镇南　《小说评论》第5期

王蒙的艺术探索:苏联文学家论王蒙小说的技巧　理然　《萌芽》第7期

试析王蒙小说中杂文手法的运用　曾润福　《当代文坛》第7期

灵魂的新的痛苦与焦灼　曾镇南　《红旗》第7期

试论《在伊犁》的艺术特色　许凌　《当代文坛》第9期

小中见大,夸而不诬:读王蒙的《雄辩症》　崔新民　《文学知识》第 10 期

令人警醒的喜剧——读王蒙的小说《冬天的话题》　李书磊　《理论月刊》第 11 期

费·詹姆逊论王蒙　本报资料室　《文摘报》1 月 6 日

让新的惶惑唤醒沉睡的责任感:读王蒙的新作《高原的风》　陈福民　《青年评论家》8 月 10 日

作家的眼泪——读王蒙的小说《冬天的话题》　谢泳　《文学报》11 月 28 日

积水不厚浮舟无力——对王蒙创作的一些批评　溪清、杨智辉　《探索者的足迹》,十月文艺出版社

探索者的足迹——评王蒙的小说　高玉琨、王葆生　《探索者的足迹》,十月文艺出版社

1986 年

王蒙的《买买提处长轶事》和美国黑色幽默　武庆云　《郑州大学学报》第 1 期

王蒙小说设计的套话　于根元　《语文研究》第 2 期

语体的新手段:王蒙意识流小说的语言特色　刘云泉　《杭州大学学报》第 2 期

王蒙研究述评　成理　《当代文艺探索》第 3 期

王蒙和他的探索小说　粟多桂　《语文》第 4 期

历史的报应与人的悲剧——谈《活动变人形》及其他　曾镇南　《当代》第 4 期

在"杂色"后面——对王蒙小说局限性的思考　吴方　《文艺争鸣》第 5 期

外迫力与内驱力的交绥——谈王蒙艺术创新的思想契机　曾镇南　《小说评论》第 5 期

悲剧的性质,悲剧的人生——读王蒙长篇近作《活动变人形》　谢欣　《小说评论》第 5 期

谈王蒙幽默风格的现实思想基础　曾镇南　《江淮论坛》第 5 期

以幽默的方式掌握现实　曾镇南　《当代文坛》第 5 期

多维视野中的全方位作业:试论王蒙文学评论的色调及其他　叶亚东

《江淮论丛》第 5 期

意浓情茂的生活画卷:读王蒙的系列小说《在伊犁》一至六　孙豹隆、鱼乡　《当代文艺思潮》第 6 期

散漫的笔墨,撒泼着无限的悠思——《在伊犁》散论　陈孝英、李晶　《文学家》第 6 期

王蒙的新探索　杜元明　《作品与争鸣》第 7 期

天道有常,精进不已:读《名医梁有志传奇》　雷达　《红旗》第 14 期

王蒙小说语言的苦味幽默　刘一玲　《中国科技报》1 月 3 日

挚爱到冷峻的精神审判——评王蒙的《活动变人形》　刘再复　《文艺报》7 月 26 日

广阔的时空背景与多维的心理意向——读王蒙的《活动变人形》　季红真　《中国文化报》7 月 30 日

对科学和文明的渴望与追求——读王蒙新著《活动变人形》　胡德培　《中国科技报》9 月 12 日

审视历史与塑造典型——读《名医梁有志传奇》有感　敖忠　《重庆日报》9 月 16 日

1987 年

文化的命运和人的命运——论王蒙的《活动变人形》及其他　郜元宝、宋炳辉　《上海文论》第 1 期

结构方式与生活的律动——王蒙小说片论　曾镇南　《文艺理论与批评》第 1 期

"生活多美好"——王蒙小说美学思想探寻之一　汪淏　《当代作家评论》第 2 期

在中西文化碰撞夹缝中挣扎的畸形人物——论倪吾诚　曾镇南　《当代作家评论》第 2 期

独拔于世的散文体小说——王蒙小说总体评价之一(上)　曾镇南　《当代文艺探索》第 2 期

宽容背后的激情:王蒙小说创作的自我超越　宋炳辉　《当代作家评论》第 2 期

关于"杂色"的杂谈　周保政　《当代作家评论》第 2 期

指向新的性格思想和美学范畴——王蒙《在伊犁》简评　卢敦基　《当代作家评论》第 2 期

知识分子灵魂的审视——评《活动变人形》　林焱　《当代作家评论》第 2 期

王蒙小说中"未自我实现的冲突"　〔苏〕C. 托罗普采夫　《当代文艺探索》第 3 期

王蒙对五十年代爱情生活的探索和反思　曾镇南　《江淮论坛》第 3 期

惶惑的精灵——王蒙小说片论　曾镇南　《文学评论》第 3 期

独拔于世的散文小说——王蒙小说总体评价之二（下）　曾镇南　《当代文艺探索》第 3 期

读《来劲》的印象和思考　张之君　《小说选刊》第 4 期

苦涩的画卷——评王蒙的《新大陆人》系列小说　曾镇南　《上海文学》第 4 期

新时期文学中的现实主义嬗变　邹平　《当代文坛报》第 5 期

王蒙笔下的"新大陆人"　吴秉杰　《北京文学》第 6 期

王蒙与意识流文学东方化　李春林　《天津社会科学》第 6 期

《来劲》确实来劲　王垫　《作品与争鸣》第 10 期

读《来劲》的印象和思考　张玉君　《作品与争鸣》第 10 期

我读《来劲》不来劲　苏志松　《作品与争鸣》第 10 期

1988 年

王蒙：一种风格，一种局限　谭庭浩　《中山大学学报》第 1 期

一个富于时代感的心理难题的发现——《相见时难》别一解　曾镇南　《小说评论》第 1 期

意识流与现实主义的比较及分析——兼论王蒙的意识流　施大鹄　《江西教育学院学报》第 1 期

"来劲"与"不来劲"随你——读王蒙的《来劲》　吴秉杰　《文学自由谈》第 1 期

倪吾诚简论：读王蒙《活动变人形》　王春林　《吕梁学刊》第 1 期

现代孔乙己与批评精神——评王蒙《活动变人形》　宋耀良　《文学评论》第 2 期

仿《来劲》评《来劲》 邹童 《作品与争鸣》第 2 期

两种不同的生命流程——王蒙和张贤亮文学创作比较 石明 《小说评论》第 2 期

语言缝隙造就的"叙事"——《致爱丽丝》《来劲》试析 孟悦 《当代作家评论》第 2 期

王蒙小说语言漫议 甄春莲 《文学评论家》第 2 期

王蒙的"来劲"并不来劲 王宗法 《百家》第 2 期

倪吾诚论 叶橹 《广西师院学报》第 2 期

为什么"常变出新"之后仍不来劲——读王蒙小说《来劲》 肖卒 《今日文坛》第 2 期

不断探索的历程——王蒙小说语言的历时发展 刘一玲 《修辞学习》第 3 期

他有待于写出更加成熟的作品——王蒙小说语言的不足之处 于根元 《修辞学习》第 3 期

中国作家对苏维埃国家的印象:评王蒙《访苏心潮》 〔苏〕C. 托罗普采夫 《当代作家评论》第 3 期

在《海的梦》的"达观"背后 李书磊 《文学自由谈》第 3 期

说《来劲》 张毓书 《小说评论》第 3 期

读《庭院深深》 孟悦 《文学自由谈》第 4 期

不断变化中的王蒙小说 〔苏〕C. 托罗普采夫 《批评家》第 4 期

我的一家之言 谢君 《作品与争鸣》第 4 期

大胆的开拓 王思国 《作品与争鸣》第 4 期

王蒙:少叨叨! 应悍 《文学自由谈》第 5 期

《王蒙小说语言研究》序 刘再复 《语文建设》第 5 期

《来劲》和《仿〈来劲〉评〈来劲〉》都不来劲 李炼 《作品与争鸣》第 5 期

特殊的读者意识与文体风格——王蒙小说别一解 郜元宝 《小说评论》第 6 期

从《活动变人形》看王蒙小说的艺术风格 叶公觉 《小说评论》第 6 期

困惑与超越:当代艺术审美观念的变革·从王蒙小说《来劲》谈起 邢煦寰 《中国西部文学》第 8 期

王蒙:面对十年之后的沉思　席扬　《江汉论坛》第9期

《活动变人形》读后　金克木　《读书》第10期

王蒙笔下新传奇——读《庭院深深》一解　吴秉杰　《文论报》2月5日

人生悲剧与惰性——论王蒙短篇近作《没情况儿》　封秋昌　《文论报》4月15日

在灵魂深处与世界对话——王蒙诗作散论　张同吾　《光明日报》5月27日

当代长篇小说的文化阻隔——兼评王蒙的《活动变人形》　韩石山　《文学报》10月13日

1989年

王蒙作品中现成话的妙用　楼友勤　《新疆师范大学学报》第1期

王蒙小说语言新变揭要　徐炳昌　《扬州师范学院学报》第2期

作为文化现象的王蒙　吴炫　《当代作家评论》第2期

悖反的效应:王蒙小说魔术　月斧　《当代作家评论》第2期

有感于《名医梁有志传奇》　康濯　《理论与创作》第2期

《来劲》论　刘齐　《小说评论》第2期

《来劲》与关于《来劲》的非议　郜元宝　《文艺争鸣》第2期

《活动变人形》——部长的小说　许子东　《文学自由谈》第2期

辩证综合:王蒙小说创新模式　徐其超　《社会科学研究》第3期

王蒙"意识流"的新流向　宋恒亮　《上海教育学院学报》第3期

人生现实与文学现实:王蒙审美意识的张力场　毕光明　《当代文坛》第3期

引进·选择·创造·输出:王蒙与苏俄文学　徐其超　《西南民族学院学报》第4期

王蒙现象探讨　张钟　《文学自由谈》第4期

谈王蒙文论的艺术特色　钟法　《学术论坛》第5期

追求"杂色"的王蒙——评王蒙的文学观念　古远清　《语文月刊》第9期

洞若观火的咏叹——评析王蒙《坚硬的稀粥》　张皖春　《语文月刊》第9期

1990年

艺术世界的构筑——王蒙与陆文夫小说创作的比较　金燕玉　《小说评

论》第 1 期
王蒙小说创作得失论　任洪涛　《中国文学研究》第 1 期
文学失语症——新小说"语言革命"批判　黄浩　《文学评论》第 2 期
王蒙小说模式谈　王鹰飞　《文学自由谈》第 4 期
《来劲》之谜破译　张来民　《河南大学学报》第 5 期

1991 年

文学尚未失语——关于黄浩同志《文学失语症》一文的不同意见　唐跃、谭学纯　《文学评论》第 1 期
论文学本质多元论的实质　严昭柱　《文艺理论与批评》第 1 期
论王蒙小说对相声手法的运用　陈本俊　《中国文学研究》第 3 期
王蒙小说中的新疆民俗美　夏冠洲　《西域研究》第 4 期
锦瑟无端　张中行　《读书》第 4 期
《坚硬的稀粥》是一篇什么作品？　山人　《文艺理论与批评》第 6 期
为什么"稀粥"还会"坚硬"呢？　淳于水　《中流》第 10 期
读者来信　慎平　《文艺报》9 月 14 日
作家应正确对待读者的批评　千帆　《文艺报》11 月 30 日
自省：心灵的旅行——漫评王蒙的《蝴蝶》　周继鸿　《新时期一百部中篇小说漫评》，中国人民大学出版社
时代变革的投影——漫评王蒙的《名医梁有志传奇》　李浚和　《新时期一百部中篇小说漫评》，中国人民大学出版社

1992 年

论王蒙的文学批评　刘蜀鄂　《当代作家评论》第 3 期
与王蒙商榷　叔绥人　《文学自由谈》第 3 期
拆碎王蒙——王蒙幽默、讽刺、调侃意味小说一览　王绯　《当代作家评论》第 5 期
评小说《坚硬的稀粥》　王长贵　《文艺报》1 月 25 日

1993 年

王蒙的"恋疆情结"　夏冠洲　《小说评论》第 1 期
文艺效果问题岂能搅成一锅稀粥　钟国仁　《中流》第 1 期
"五十年代"的悲喜剧——读王蒙近作《恋爱的季节》　杨颉　《当代作家

评论》第 2 期

王蒙文学批评之批评　白烨　《文艺理论研究》第 2 期

美好的东西为什么总是这样脆弱——读王蒙的长篇新作《恋爱的季节》　宋遂良　《当代作家评论》第 2 期

出现在"恋爱的季节"中的……　潘凯雄　《当代作家评论》第 2 期

关于王蒙的弯弯绕　张宇　《当代作家评论》第 2 期

读书而已——读《防"左"备忘录》札记之一　赤史子　《文艺理论与批评》第 2 期

王蒙、张贤亮：在政治与文学之间　毕光明　《文学自由谈》第 3 期

论"躲避崇高"不可行　傅迪　《文艺理论与批评》第 3 期

奇妙的"堆砌"——谈王蒙作品中的繁复现象　吴辛丑　《语文月刊》第 4 期

爱情、历史与"五十年代情绪"——读王蒙《恋爱的季节》　独木　《当代文坛》第 5 期

略谈王蒙创作思想的发展及艺术表现形式的变化：以五十年代和新时期的创作为例　伍华仁　《语文月刊》第 12 期

历史的挽歌——读《恋爱的季节》　张德祥　《文论报》4 月 10 日

对《坚硬的稀粥》批评的反批评　赵士林　《粥文学集》，华艺出版社

稀粥事件：前所未有的官司——作家王蒙起诉《文艺报》始末　季晓明　《粥文学集》，华艺出版社

1994 年

戏弄与谋杀：追忆乌托邦的一种语言策略——诡说王蒙　郜元宝　《作家》第 2 期

关于乌托邦语言的一点感想——致郜元宝，谈王蒙小说的特色　陈思和　《文艺争鸣》第 2 期

寓言之翁与状态之流——王蒙近作走向谈片　王干　《文艺争鸣》第 2 期

读《恋爱的季节》　独木　《文学自由谈》第 2 期

王蒙心态小说的艺术特色　张希群　《语文学刊》第 2 期

重写的可能与意义：关于王蒙的《恋爱的季节》　王干　《小说评论》第 3 期

一枕黄粱"大蝴蝶"梦　江湖　《文艺理论与批评》第3期

文化与人的痛苦:王蒙长篇小说《活动变人形》散论　杨钧、吴佩华　《吉林师范学院学报》第4期

命运长河中搏击、浮沉的人们——王蒙笔下的新疆兄弟民族群像　夏冠洲　《西域研究》第4期

谁是"棍子"？谁在搞"大批判"？　何言哉　《文艺理论与批评》第4期

话语、历史与意识形态——评王蒙长篇小说《失态的季节》　王春林　《小说评论》第6期

过于聪明的中国作家　王彬彬　《文艺争鸣》第6期

王蒙的散文　贺兴安　《作家》第7期

坚持革命的坚持性——也谈"把握好老年精神状态"　公生名　《中流》第11期

《风筝飘带》:独特的主题与叙述意识　丁玉柱　《新时期短篇小说精选漫评》,河北大学出版社

洋溢时代气息的交响乐曲——读王蒙的《春之声》　顾尚满　《新时期短篇小说精选漫评》,河北大学出版社

《来劲》与关于《来劲》的非议　郜元宝　《拯救大地》,学林出版社

特殊的读者意识与文体风格——王蒙小说别一解　郜元宝　《拯救大地》,学林出版社

1995年

《活动变人形》的结构艺术　毕光明　《文科教学》第1期

如何阐释"水落石出":再读王蒙的《活动变人形》　殷国明　《小说评论》第1期

青春主题的变奏:从《青春万岁》到《恋爱的季节》　夏冠洲　《新疆师范大学学报》第1期

"暗杀":一具沉重的历史之轭——读王蒙新作《暗杀3322》　时春雨　《北方论丛》第2期

以新的方式"和自己的过去诀别"——王蒙《失态的季节》的喜剧类型和语言　王培元　《文艺争鸣》第2期

再谈过于聪明的中国作家及其他　王彬彬　《文艺争鸣》第2期

知人论世的聪明　曾镇南　《文艺争鸣》第 2 期

话说王蒙——谈当代知识分子的精神纯洁性　高增德、谢泳　《东方》第 3 期

从"王蒙现象"谈到文化价值的建构　陶东风　《文艺争鸣》第 3 期

无法回避的崇高——关于建设新的人文精神的争论及其评价　祁述裕　《文艺争鸣》第 3 期

为争论辩护——驳王蒙"不争论的智慧"　郑也夫　《东方》第 3 期

阅读与想象:致陈思和,再谈王蒙小说的语言与抒情　郜元宝　《小说评论》第 4 期

在历史的重构中勘探人性:评王蒙长篇新作《暗杀 3322》　王春林　《小说评论》第 4 期

平面化:当前王蒙文化心态的价值特征　党圣元　《小说评论》第 4 期

对文学的轻慢与失态　张志忠　《小说评论》第 4 期

王蒙的误区　张德祥　《小说评论》第 4 期

中国意识流小说派简论　李晓宁　《青海社会科学》第 4 期

王蒙创作的五个阶段(上)　夏冠洲　《新疆师范大学学报》第 4 期

有感于王蒙的处世哲学　山城客　《文艺理论与批评》第 4 期

反讽:结构与语境——王蒙、王朔小说的反讽修辞　南帆　《小说评论》第 5 期

"偶感"之感　黄历之　《文艺理论与批评》第 5 期

名家与批评　余开伟　《文艺争鸣》第 5 期

读《杂色》　南帆　《当代作家评论》第 6 期

"一个人远游":王蒙小说的一个模式　王培元　《当代作家评论》第 6 期

假"费厄泼赖"必须缓行　闻哲　《文艺理论与批评》第 6 期

关于作家"聪明"的话题　园艺　《作品与争鸣》第 7 期

王蒙是否"转向"——对《躲避崇高》一文的质疑　余开伟　《文化时报》2 月 21 日

内心恐惧:王蒙的思维特征　谢泳　《中华读书报》5 月 10 日

智慧的痛苦——评王蒙《失态的季节》　何西来　《光明日报》12 月 6 日

王蒙写组织部的年轻人　涂光群　《中国作家三代纪实》,中国文联出版

公司

"文学是对生活的发现"——王蒙及其小说创作　戴翊　《文学的发现》，学林出版社

1996年

他在鉴赏中的自我展开——评王蒙的《红楼梦》评点　何西来　《文学遗产》第1期

无奈的狂欢：读王蒙的散文　泓峻　《东方艺术》第1期

错开的药方　王彬彬　《文艺争鸣》第1期

对"人文精神"寻思的寻思　靳大成、陶东风　《文艺争鸣》第1期

王蒙创作的五个阶段（下）　夏冠洲　《新疆师范大学学报》第1期

杂色：王蒙论艺术的探索与创新　汪咏梅　《安徽教育学院学报》第1期

再论王蒙笔下的新疆兄弟民族人物　夏冠洲　《西域研究》第1期

穆时英、王蒙比较研究　薛传芝　《河南教育学院学报》第1期

论刘世吾等形象的生成机制——《组织部来了个年轻人》新议　杨新敏、郝吉环　《青海师专学报》第1期

王蒙的"本真"（外一题）　张扬　《语丝》第1期

历史的碎片与状态之流：评王蒙的长篇小说《失态的季节》　王干　《当代》第2期

理性与启蒙　何西来　《文艺争鸣》第2期

王蒙为何失态　罗伟方　《作品与争鸣》第2期

王蒙为什么躲避崇高　一老者　《作品与争鸣》第2期

文艺的消闲、娱乐功能及其格调　何西来　《文艺争鸣》第3期

王蒙、张炜们的文体革命　王一川　《文学自由谈》第3期

语言操作的快感：对王蒙的《暗杀》所作的语言分析　王毅　《当代文坛》第5期

拨动这根痛苦的弦：散论《活动变人形》　唐达成　《当代》第5期

批评的道德与道德的批评——关于王蒙、张承志现象论争的对话　许纪霖、杨扬、薛毅　《上海文学》第5期

王蒙缺少什么？　栾保俊　《文艺理论与批评》第5期

你到底要什么？　谢泳　《文艺争鸣》第5期

形而上的迷茫　萧元　《文艺争鸣》第5期

一个反历史、反哲学的命题　雷池月　《文艺争鸣》第5期

多元与兼容　何西来等　《文艺争鸣》第6期

王蒙的语言感——快感:以《暗杀》为例　王毅　《小说评论》第6期

说说王蒙的小评论　贺兴安　《博览群书》第12期

1997年

几点疑问——就教于王蒙先生　方林栋　《文艺理论与批评》第1期

王蒙其人其事　龚一舟　《中流》第1期

王蒙小说的现代散文化抒情血脉　王忠愈　《西南民族学院学报》第3期

"外来者"的故事:原型的延续与变异　洪子诚　《海南师范学院学报》第3期

青春的激情:文学和作家的骄傲　谢冕　《海南师范学院学报》第3期

回到作品:对小说文本的返观　毕光明　《海南师范学院学报》第3期

命运与形式　〔韩〕朴贞姬　《海南师范学院学报》第3期

重谈作家的学者化问题　曹文彪　《当代文坛》第4期

隐喻与王蒙的杂色　童庆炳　《文学自由谈》第5期

焦虑与游戏:王蒙创作心理阐释　李于仓　《钟山》第5期

王蒙:从纯粹到杂色　孙郁　《当代作家评论》第6期

事实与传说:读王蒙《我心目中的丁玲》　陈明　《文论报》9月1日

王蒙的通俗小说?　许子东　《当代小说阅读笔记》,华东师范大学出版社

1998年

语境的魅力——王蒙小说语言谈片　张莹　《四川师范大学学报》第1期

论青春体小说——50年代艺术类型之一　董之林　《文学评论》第2期

迷失与逃亡——对王蒙"季节系列"人物的一种解读　李广仓　《北京社会科学》第2期

怀旧情结与王蒙的小说创作　曹书文、吴澧波　《当代文坛》第2期

新疆汉语作家与中国当代文学　夏冠洲　《新疆师范大学学报》第3期

透视王蒙《在伊犁》八篇系列小说　时曙晖、刘珍婷　《延边大学学报》第3期

当下文化环境中人生态度的艺术探寻——王蒙小说《春堤六桥》评析　吴俊忠　《深圳大学学报》第 3 期
"双百"方针与"不搞无谓的争论"　浩明　《文艺理论与批评》第 4 期
恒久的青春状态——王蒙小说创作论　金志华　《华南师范大学学报》第 5 期
从政新谏——解读王蒙《诫贤侄》　程良胜　《湖北社会科学》第 8 期
《旧宅玫瑰》画后感　谢春彦　《旧宅玫瑰》,上海书店出版社
《旧宅玫瑰》编后记　崔健飞　《旧宅玫瑰》,上海书店出版社
论王蒙新时期的小说　郏瑢　《小说觅踪》,河北教育出版社
理想的赞歌——读《风筝飘带》有感　郏瑢　《小说觅踪》,河北教育出版社

1999 年

论王蒙文学观念的变化及成因　吴澧波、曹书文　《河南师范大学学报》第 1 期
"费厄泼赖"与王蒙的小说创作　刘东黎、李荣合　《北方论丛》第 1 期
关于"著名"的"家"　栾保俊　《文艺理论与批评》第 1 期
"辩护士"与"教师爷"　马鸣　《文艺理论与批评》第 1 期
官场上的文人最聪明　庞天舒　《文学自由谈》第 2 期
政治、人性与苦难记忆——王蒙"季节"系列的写作意义　王春林　《小说评论》第 3 期
论王蒙政事小说及其变化　吴波、曹书文　《河北师范大学学报》第 4 期
城头变幻大王旗——王蒙批判　吴炫　《十作家批判书》,陕西师范大学出版社

2000 年

王蒙小说《暗杀 3322》解读　沈美莉　《洛阳师范学院学报》第 1 期
《春之声》的语言解读　祝克懿　《贵州大学学报》第 1 期
王蒙小说的文化色彩　王启凡　《锦州师范学院学报》第 1 期
试析王蒙创作的三个阶段　沈美莉　《河南社会科学》第 3 期
论王蒙文学消闲观的形成　丁玉柱　《青岛海洋大学学报》第 4 期
王蒙小说:生活与叙事的纠缠　吴广晶　《首都师范大学学报》第 5 期

长篇小说笔记之五:王蒙《狂欢的季节》 雷达 《小说评论》第 5 期
政治与王蒙小说 王春林 《当代作家评论》第 6 期
王蒙:"水鼓""失语"与"水泄" 桑地 《当代作家评论》第 6 期
重重矛盾中的王蒙 杜天生 《太原日报》3 月 13 日
在理想主义与经验主义之间——对王蒙的一种理解 王春林 《太原日报》3 月 13 日
重读《组织部新来的年轻人》 金汝平 《太原日报》3 月 13 日
论王蒙的"狂欢体"写作 陶东风 《文学报》8 月 3 日
狂欢之痛 张抗抗 《团结报》8 月 8 日
关于王蒙"季节"系列长篇小说的发言 何西来 《团结报》8 月 8 日
王蒙与中国象征主义 周长才 《深圳特区报》8 月 12 日
"季节"中的得与失 硕文 《深圳特区报》8 月 12 日
王蒙作品中的缺陷 新园 《深圳特区报》8 月 12 日
深沉的哀怨 冷静的反讽 王晓 《文汇读书周报》9 月 30 日

2001 年

相对于"褊狭"的"宽容"——王蒙与鲁迅价值观的歧异 房向东 《鲁迅研究月刊》第 1 期
一个时代的背影:王蒙小说侧论 王永兵、翟业军 《扬州教育学院学报》第 1 期
追忆逝水年华——王蒙"季节"系列小说论 张志忠 《文学评论》第 2 期
新时期初王蒙对现代主义小说的探索 董小玉 《重庆大学学报》第 2 期
论王蒙小说的语言风格及其构成 彭锦 《广西师范学院学报》第 2 期(增刊)
天真时代的历史现象学:评王蒙"季节"系列长篇小说 路广彬 《艺术广角》第 3 期
王蒙对传统小说形式的一次大突破 段凌燕 《中国文艺家》第 3 期
拒斥"来自西方的某种主义"与王蒙是"重要发言人之一"——读报随想 注思 《文艺理论与批评》第 3 期
《狂欢的季节》读后感 张光年 《文艺研究》第 4 期
评王蒙的《季节》四部 何西来 《文艺研究》第 4 期

历史维度与语言维度的双重胜利　童庆炳　《文艺研究》第 4 期
四季心灵　张抗抗　《文艺研究》第 4 期
《恋爱的季节》眉批四则　李书磊　《文艺研究》第 4 期
立体语言的价值及意义:王蒙新时期小说的语言风格　徐芸华　《玉林师范学院学报》第 4 期
好一个文学滑头主义　李万武　《文艺理论与批评》第 5 期
文体的隐秘　孙郁　《当代作家评论》第 5 期
流动:现实与梦的不同色调:读王蒙《橘黄色的梦》　吴广晶　《名作欣赏》第 5 期
世纪末的忏悔——从王蒙和张贤亮的两部长篇近作说起　李遇春　《小说评论》第 6 期
多层理解那个季节:青年学子谈王蒙"季节"系列　《中国教育报》1 月 11 日
旋涡的边缘姿态　张抗抗　《文汇报》2 月 6 日

2002 年

王蒙文学消闲观的美学特征与文化意义　丁玉柱　《青岛海洋大学学报》第 1 期
青山自有青松在,碧水常流碧浪情——王蒙旧体诗简论　丁玉柱　《佳木斯大学学报》第 1 期
林道静、刘世吾、江玫与露沙——当代文学对知识分子与革命的叙述　王彬彬　《文艺争鸣》第 2 期
苦难的历程与拯救的道路　钱中文、朱竞　《文艺争鸣》第 2 期
王蒙语体:理性的诉求与颠覆——系列长篇小说《季节》论略（一）　李晶　《小说评论》第 3 期
两朵带刺的玫瑰:《组织部新来的青年人》与《拖拉机站站长和总农艺师》之比较　陈南先　《广东职业技术师范学院学报》第 3 期
王蒙语体:理性的诉求与颠覆——系列长篇小说《季节》论略（二）　李晶　《小说评论》第 4 期
论王蒙的西部小说　夏冠洲　《新疆师范大学学报》第 4 期
王蒙语体:理性的诉求与颠覆——系列长篇小说《季节》论略（三）　李晶

《小说评论》第 6 期

重说王蒙《组织部新来的青年人》 谢泳 《南方文坛》第 6 期

《坚硬的稀粥》 张学正 《文学争鸣档案：中国当代文学作品争鸣实录》，南开大学出版社

《杂色》 张志英 《文学争鸣档案：中国当代文学作品争鸣实录》，南开大学出版社

2003 年

论王蒙文学理论的实践理性特色 汤振纲 《济南大学学报（社会科学版）》第 1 期

异域乡情——回忆在新疆和王蒙相处的日子 姚承勋 《新文学史料》第 1 期

论王蒙小说的文学空间 李珠鲁 《中山大学学报（社会科学版）》第 2 期

解构主义与当代中国小说 张清华 《齐鲁学刊》第 2 期

王蒙的小说观 王烟生 《江淮论坛》第 3 期

王蒙"跳舞"的意义 张颐武 《文学自由谈》第 3 期

激情的背后——谈王蒙的文学语言 郭丽 《理论学刊》第 3 期

鲁迅、王蒙与《红楼梦》"褒贬"——兼谈三点认识 袁世全 《红楼梦学刊》第 4 期

旗手王蒙 赵玫 《文学自由谈》第 5 期

王蒙旧体诗中的人生哲学 尽心 《文学自由谈》第 5 期

这么快就"遗少"了 朱健国 《文学自由谈》第 5 期

人性的海和几何的美 刘年玲、郜元宝 《当代作家评论》第 5 期

"说话的精神"及其他——略说"季节"系列 郜元宝 《当代作家评论》第 5 期

"大蝴蝶"的"技巧的政治"乎？——验证李欧梵眼中的王蒙"意识流"试验 吴锡民 《河南师范大学学报（哲学社会科学版）》第 5 期

王蒙：从单纯到"杂色" 王爱松 《首都师范大学学报（社会科学版）》第 5 期

平视王蒙 韩石山 《文学自由谈》第 6 期

保持可贵的怀疑 王安忆 《文学自由谈》第 6 期

新时期小说文体演变轨迹初探　张涛　《周口师范学院学报》第 6 期

作为中国当代小说艺术的"探险家"的王蒙　童庆炳　《中国海洋大学学报（社会科学版）》第 6 期

青春、历史与诗意的追寻和质询——王蒙与米兰·昆德拉比较研究　张志忠　《文史哲》第 6 期

王蒙小说语言的讽刺艺术　高选勤　《江汉大学学报（人文科学版）》第 6 期

成规的戏仿——论王蒙的元小说　赵志军　《广西社会科学》第 9 期

2004 年

作家言说与读者意愿——王蒙小说的文化人类学考辨　龚举善、曹赟　《理论月刊》第 1 期

"我就是打工的"——我看到的王蒙　陈祖芬　《北京观察》第 1 期

"理性的从容"——论王蒙的理性精神　张学正　《南开学报》第 1 期

王蒙旧体诗的智慧　张应中　《安徽师范大学学报（人文社会科学版）》第 1 期

王蒙"季节"系列的现代性叙事策略　陈南　《齐鲁学刊》第 2 期

明朗高亮执心弘毅——王蒙的人生境界和文学精神寻绎　卜键　《艺术评论》第 2 期

个体人生与社会政治的亲密拥抱——论王蒙小说中个体人生的价值指向　傅书华　《海南师范学院学报（社会科学版）》第 2 期

《蝴蝶》的"代际冲突"及其想象性化解　詹庆生　《海南师范学院学报（社会科学版）》第 2 期

探寻者·独行者·营造者——王蒙小说中的王蒙　陈骏涛、朱育颖　《海南师范学院学报（社会科学版）》第 2 期

王蒙小说中的闲笔——王蒙小说语言论纲之三　郭宝亮　《海南师范学院学报（社会科学版）》第 2 期

在创新与继承之间自由行走——王蒙小说理论关于创新与继承的思考　汤振纲　《新疆师范大学学报（哲学社会科学版）》第 2 期

并置式语言：多样的统一——王蒙小说语言论　郭宝亮　《文艺争鸣》第 2 期

王蒙的文学观　烟生　《江淮论坛》第 2 期

论王蒙的文化心态及其传统认同　郭宝亮　《文学评论》第 2 期

论王蒙小说的政治意识　温奉桥　《山东省青年管理干部学院学报》第 3 期

王蒙"意识流"观之重新记忆　吴锡民　《乐山师范学院学报》第 3 期

简论王蒙"季节"系列的文体特征——兼论骚体小说　何镇邦　《中国海洋大学学报（社会科学版）》第 3 期

穿越当代"经典"——王蒙式忠诚、梁晓声式信念之局限　吴炫　《淮阴师范学院学报（哲学社会科学版）》第 3 期

圣人笑吗？——评王蒙的幽默　顾彬、王霄兵　《当代作家评论》第 3 期

重读《活动变人形》　许子东　《当代作家评论》第 3 期

是王蒙还是谁给我们吃"鱼刺"　张怀帆　《文学自由谈》第 3 期

王蒙文学创作国际学术研讨会述要　温奉桥　《文学评论》第 3 期

王蒙《组织部来了个年轻人》的精神现象学阐释　孙先科　《中国现代文学研究丛刊》第 3 期

"说出复杂性"的"反现代化叙事"——评王蒙长篇小说《青狐》　王春林　《小说评论》第 4 期

记忆是心灵的真相——王蒙《青狐》的一种读解方式　李梅　《小说评论》第 4 期

王蒙：百年历史反思的经典奉献——再论《活动变人形》的思想与艺术　王科　《渤海大学学报（哲学社会科学版）》第 4 期

论王蒙的李商隐研究　黄世中　《文艺研究》第 4 期

王蒙季节系列小说标点符号用法特征分析　郭丽　《文史哲》第 5 期

王蒙小说《布礼》三读——试从作品本身、作者、文学史析论其意义　黄维樑　《海南师范学院学报（社会科学版）》第 5 期

"胜过"现实的写作：王蒙创作与现实的关系　陈晓明　《河北学刊》第 5 期

论王蒙的文学批评　王春林　《海南师范学院学报（社会科学版）》第 5 期

一位有思想气度的作家——对王蒙的一种解读方式　王万森　《理论学刊》第 5 期

对王蒙《青狐》的误读　余开伟　《文艺争鸣》第5期

王蒙激情文体的缺憾——简论长篇小说《暗杀3322》　杨守森　《文艺争鸣》第5期

惊醒之后：如何治疗知识分子的"伤口"？——对《叔叔的故事》与《青狐》的一种解读　周晓扬　《当代作家评论》第6期

从歌颂到反讽——革命者形象的变迁与王蒙创作心态的变化　翟创全　《江南大学学报（人文社会科学版）》第6期

反思疑问式语言：可能的文本——王蒙小说语言论纲之一　郭宝亮　《河北师范大学学报（哲学社会科学版）》第6期

由倪家人的文化个性透视中西文化关系变迁——评王蒙长篇小说《活动变人形》　付品晶、徐其超　《西南民族大学学报（人文社科版）》第8期

2005年

欲望叙述及历史悖谬——读王蒙长篇新作《青狐》　温奉桥　《中国海洋大学学报（社会科学版）》第1期

论王蒙杂文的雅与俗　徐仲佳　《海南师范学院学报（社会科学版）》第1期

青春、革命、诗歌：不可泯灭的追求——王蒙、陈映真、昆德拉理想小说论　邓全明　《世界华文文学论坛》第1期

意识流小说在中国——由王蒙的小说看中西意识流的异同　刘涛　《太原师范学院学报（社会科学版）》第2期

王蒙小说的革命叙事　夏义生　《中国文学研究》第2期

王蒙的文学研究与评论　王烟生、苏忱　《江淮论坛》第2期

《青春万岁》的精神现象学——《王蒙传》之第三章　於可训　《现代中国文化与文学》第2期

《王蒙中短篇小说两类意象分析》　陈洪成　《黑龙江教育学院学报》第2期

从封闭到开放：王蒙小说语言流变的文化意义　郭宝亮、尹志刚　《新疆师范大学学报（哲学社会科学版）》第2期

《骑着杂色老马的远游——兼谈王蒙的忠诚与其他》　解松　《南京师范大学文学院学报》第3期

异域之花在中国盛开——论王蒙意识流小说的创作　李宝华　《佳木斯大学社会科学学报》第 3 期

特定时代知识分子命运的集体思考——谈《活动变人形》及其批评　李丹　《理论与创作》第 3 期

文化面具下潜伏的奴性人格基因——倪吾诚形象底蕴新探　马为华　《理论与创作》第 3 期

空间的时间化：建构文本双重语法的策略——论王蒙小说的时间与空间形式　金鑫、郭宝亮　《沈阳师范大学学报(社会科学版)》第 3 期

异域风情的展示 边陲诗人的情愫——对王蒙旧体诗《即景(一)》的探解　薄刚　《齐齐哈尔大学学报(哲学社会科学版)》第 4 期

一部不和谐的"音乐"作品——谈王蒙长篇小说《活动变人形》　付品晶　《乐山师范学院学报》第 4 期

东方意识流　叶玉芳　《福州大学学报(哲学社会科学版)》第 4 期

《青狐》：王蒙的反讽性写作　葛娟　《浙江传媒学院学报》第 4 期

浅谈王蒙文学批评的个性特征　王鑫　《辽宁大学学报(哲学社会科学版)》第 4 期

论王蒙小说的叙述视角与叙述声音　郭宝亮、倪素梅　《西北师范大学学报(社会科学版)》第 5 期

读者的身份认同：小说模式的辩证法——论王蒙的读者理论　李家军　《湖北民族学院学报(哲学社会科学版)》第 6 期

寻求现代与传统之间的张力与均衡——论王蒙新作《青狐》中"青狐"形象　薛海燕、谭洋　《中国海洋大学学报(社会科学版)》第 6 期

一棵火红繁茂的枫树——王蒙新时期散文的生命形态　廖述务　《海南师范学院学报(社会科学版)》第 6 期

大师的批评——王蒙与随笔式批评　周海波　《中国海洋大学学报(社会科学版)》第 6 期

论王蒙的拟辞赋体小说　郭宝亮、倪素梅　《中国海洋大学学报(社会科学版)》第 6 期

王蒙小说语言的反讽性修辞及其功能　郭宝亮、李延江　《河北大学学报(哲学社会科学版)》第 6 期

混沌的心灵场——论王蒙对小说模糊性的认识　李家军　《中南民族大学学报(人文社会科学版)》第 SI 期

2006 年

从《杂色》看庄子思想对王蒙的影响　时曙晖　《伊犁师范学院学报》第 1 期

王蒙《狂欢的季节》的语言风格　孙立新　《泰安教育学院学报岱宗学刊》第 1 期

王蒙小说中的"意识流"　姜亚菁　《世界文学评论》第 1 期

王蒙意识流小说的修辞建构　郑敏玲　《厦门教育学院学报》第 1 期

复调性主题与对话性文体——王蒙小说创作从《青春万岁》到"季节"系列的一条主脉　孙先科　《福建师范大学学报(哲学社会科学版)》第 2 期

王蒙与《红楼梦》研究　温奉桥、李萌羽　《青岛大学师范学院学报》第 2 期

多情应笑天公老——读《王蒙自传·半生多事》　周立民　《书城》第 2 期

王蒙晚年小说变异　贺兴安　《文学评论》第 3 期

嬗变中的王蒙的创作观　王启凡　《辽宁大学学报(哲学社会科学版)》第 3 期

论王蒙文学思想的多元性　刘岚　《西北民族大学学报(哲学社会科学版)》第 3 期

王蒙诗情小说刍论　温奉桥、李萌羽　《东方论坛(青岛大学学报)》第 3 期

浅论王蒙旧体诗——兼对当代旧体诗创作的思考　温奉桥　《理论与创作》第 3 期

欲说还休　却道天凉好个秋——王蒙 20 世纪 80 年代老同志形象塑造及其老境之思　蔡丽　《苏州大学学报》第 3 期

王蒙小说中的回族形象描写　白草　《回族研究》第 3 期

徘徊于"尴尬"与"风流"之间——评王蒙新作《尴尬风流》　方奕　《小说评论》第 3 期

王蒙的悲悯与无奈——对"季节"系列的一种解读　郝朝帅　《江淮论坛》第 3 期

论王蒙的讽谕性寓言体小说　　郭宝亮　《海南师范学院学报（社会科学版）》第 3 期

对反叛的宽容——论王蒙眼中的大众文化　　徐仲佳　《中国海洋大学学报（社会科学版）》第 5 期

《组织部来了个年轻人》研究五十年述评　　温奉桥　《中国海洋大学学报》第 5 期

与现实批判意识相融合的王蒙的忧患意识　　王启凡　《鞍山师范学院学报》第 5 期

未完成的交响乐——《活动变人形》的两个世界　　郜元宝　《南方文坛》第 6 期

论王蒙文化思想的现代性　　温奉桥　《聊城大学学报（社会科学版）》第 6 期

革命文学的"激活"——王蒙创作"自述"与小说《布礼》之间的复杂缠绕　　程光炜　《海南师范学院学报（社会科学版）》第 6 期

"活说"的艺术——王蒙"学术杂俎"管见　　王军君　《兰州学刊》第 6 期

青春万岁？青春已逝——评王蒙中篇小说《秋之雾》的文化心态　　朱献贞　《当代文坛》第 6 期

"王蒙文艺思想学术研讨会"综述　　温奉桥　《理论与创作》第 6 期

王蒙的理性：感悟生存　　王启凡　《西南民族大学学报（人文社科版）》第 6 期

欲望叙述及历史背谬——读王蒙的《青狐》　　温奉桥　《名作欣赏》第 13 期

2007 年

王蒙的老年写作问题　　李美皆　《当代文坛》第 1 期

论王蒙的苏联文化情结　　蔺春华　《兰州大学学报（社会科学版）》第 1 期

试论王蒙的西部小说与维吾尔文化　　时曙晖　《伊犁师范学院学报（社会科学版）》第 1 期

理想的反思与幽默的恣意——论王蒙的"感伤""幽默"小说及其他　　解松、徐莹　《苏州教育学院学报》第 1 期

王蒙小说青春主题浅论　　赵卫　《聊城大学学报（社会科学版）》第 2 期

后革命时代诗学——王蒙文艺思想散论　温奉桥　《当代作家评论》第2期

令人辛酸的"忠诚"——论王蒙笔下的"右派叙述"　黄善明　《当代作家评论》第2期

当蝴蝶飞舞时——王蒙创作的几个阶段与方面　郜元宝　《当代作家评论》第2期

心之声——听知觉与王蒙作品里的音响世界　徐强　《当代作家评论》第2期

理想的重写与日常生活经验的肯定——论王蒙的"季节"系列小说及其他　解松、徐莹　《江南社会学院学报》第2期

意识流东方化之我见——由王蒙小说看东方意识流的创新　周颖斌　《牡丹江教育学院学报》第2期

一条知识分子灵魂线索——从倪藻、庄之蝶到池大为　牛学智　《扬子江评论》第3期

王蒙与苏俄文学研究二题　朱静宇　《文艺争鸣》第3期

论王蒙文学研究的发现逻辑机制　朱德发　《中国海洋大学学报(社会科学版)》第3期

"现代化""寓言"的空洞想象——重读王蒙《春之声》　李新民　《理论与创作》第3期

多维叙事视角与人生反思——从叙事视角谈王蒙的《杂色》　苏宁　《安徽文学(下半月)》第4期

王蒙的人生哲学及其文艺思想　李茂民　《海南师范大学学报(社会科学版)》第4期

一个被历史性误读的艺术典型——重读王蒙短篇小说《组织部来了个年轻人》　胡焕龙　《淮南师范学院学报》第4期

王蒙与二十世纪中国激进主义思潮　温奉桥　《中国海洋大学学报(社会科学版)》第5期

中庸美:王蒙文学哲学的精髓　薛永武　《中国海洋大学学报(社会科学版)》第5期

王蒙《杂色》重读　杨扬、李宏庆、张鑫、吴丹、梁云云　《海南师范大学学

报(社会科学版)》第5期

还原历史与人性的真实——评《王蒙自传·半生多事》　王春林　《海南师范大学学报(社会科学版)》第5期

"狐狸"王蒙　李钧　《徐州师范大学学报(哲学社会科学版)》第6期

王蒙小说在八十年代叙事中的意义　徐妍　《文学评论》第6期

王蒙小说理论的创新性　谢昭新、汪注　《绵阳师范学院学报》第6期

革命:作为躯体记忆的青春狂欢——重拾《青春万岁》　蔡丽　《玉溪师范学院学报》第11期

意识流小说主位推进模式的连贯——以王蒙小说《春之声》为例　刘鸽　《牡丹江大学学报》第12期

2008年

论王蒙新时期之初小说创作主观意图与潜在话语的矛盾　赵寰宇、林海燕　《吉林师范大学学报(人文社会科学版)》第1期

王蒙论文三术　喻大翔　《清华大学学报(哲学社会科学版)》第1期

论王蒙文化心态中的革命认同　孙晓文　《北京社会科学》第1期

王蒙"季节"小说的性权力文化逻辑　徐仲佳　《齐鲁学刊》第1期

王蒙小说的"非情节化"解读　刘慧敏　《齐齐哈尔大学学报(哲学社会科学版)》第1期

《杂色》的叙事学探析　宋宝伟　《时代文学(双月上半月)》第1期

理想与解构——浅析《布礼》中的"灰影子"　刘勤　《安徽文学(下半月)》第2期

《恋爱的季节》:总体性的生活及其瓦解　朱康　《浙江传媒学院学报》第2期

《红楼梦》王蒙评与清代八家评之比较研究　高淮生　《红楼梦学刊》第2期

感受批评:王蒙的文学批评范式　李家军　《湖北民族学院学报(哲学社会科学版)》第2期

论王蒙"自传"　温奉桥、李萌羽　《文学评论》第2期

略论王蒙小说的文化精神　朱玉玺　《沧桑》第2期

王蒙复出初期的小说结构观　张明　《海南师范大学学报(社会科学版)》

第 2 期

王蒙的文学批评:后革命时代的话语经验　方维保　《盐城师范学院学报（人文社会科学版）》第 2 期

王蒙文艺美学思想散论　郭宝亮　《渤海大学学报（哲学社会科学版）》第 3 期

论王蒙与苏俄文学　温奉桥　《理论与创作》第 3 期

20 世纪 90 年代《红楼梦》的三部评点本谫论　杨慧　《牡丹江大学学报》第 3 期

王蒙"季节"系列的主要叙事方法之一——元虚构　胡桂红　《时代文学（双月上半月）》第 3 期

横看成岭侧成峰:《红楼梦》悲剧精神阐释的视角与纬度——由舒芜、王蒙、刘再复的说梦悟梦谈起　高淮生　《广西大学学报（哲学社会科学版）》第 3 期

论维吾尔文化对王蒙人生观艺术观的影响　时曙晖　《新疆大学学报（哲学人文社会科学版）》第 4 期

亦真亦幻之间——王蒙荒诞小说的内在情势　樊敏　《湘潭师范学院学报（社会科学版）》第 4 期

王蒙的"八十年代"记忆——评《王蒙自传·大块文章》　王春林　《海南师范大学学报（社会科学版）》第 4 期

知识分子伦理身份的反思——从《叔叔的故事》与《青狐》谈起　祝亚峰　《淮南师范学院学报》第 4 期

一代知识分子的爱情——王蒙小说的一个侧面　周志雄　《南方文坛》第 4 期

王蒙新时期意识流小说论——重回 1980 年代文学研究　金红　《沈阳师范大学学报（社会科学版）》第 4 期

王蒙心目中的若干历史人物——评《王蒙自传·大块文章》　王春林　《理论与创作》第 5 期

对王蒙早期文学创作的成功学解读　李宗刚　《山东师范大学学报（人文社会科学版）》第 5 期

激情与苦难:历史记忆的沧桑——王蒙"季节"系列小说论　张岩泉　《福

州大学学报（哲学社会科学版）》第 6 期

王蒙"意识流"小说研究综述　叶向党　《重庆文理学院学报（社会科学版）》第 6 期

"感时忧国"与"救出自己"——《王蒙自传》的王氏主题　郜元宝　《书城》第 9 期

一个人的"当代史"——论《王蒙自传》的自传叙事及其自我形象的塑造　张光芒、吴妍　《理论学刊》第 9 期

狂欢的季节——王蒙"季节"系列小说中的狂欢风格解读　雷鸣　《大众文艺（理论）》第 10 期

王蒙和白先勇意识流小说论　王正杰、芦海英　《求索》第 11 期

论"季节"系列　张岩泉　《文艺争鸣》第 12 期

异化反异化的生存图景——《组织部来了个年轻人》叙事主题新解　廖冬梅　《名作欣赏》第 16 期

试说"中国的奥勃洛莫夫"——从《王蒙自传》谈到倪吾诚形象的典型意义　严家炎　《名作欣赏》第 17 期

心灵的隐曲时代的浩歌——读《王蒙自传》　温奉桥　《名作欣赏》第 17 期

体物之妙功在密附——王蒙短篇小说《木箱深处的紫绸花服》阐释　翟文铖　《名作欣赏》第 17 期

"变"的辩证法——王蒙《活动变人形》的文化符码解读　李萌羽　《名作欣赏》第 17 期

"感时忧国"与"救出自己"——关于《王蒙自传》　郜元宝　《名作欣赏》第 17 期

中国当代文学的历史记忆——以《王蒙自传》为例　张志忠　《名作欣赏》第 17 期

理想精神的诗化表达——重读王蒙短篇小说《海的梦》　王春林、陆琳　《名作欣赏》第 19 期

王蒙意识流小说的修辞建构　段红　《三峡大学学报（人文社会科学版）》第 SI 期

2009 年

王蒙的中道原则与文学批评　蔺春华　《湖南文理学院学报（社会科学

版)》第1期

真实三味——读《王蒙自传》 石兴泽 《齐鲁学刊》第1期

从政治书写到政治"祛魅"的艰难行进——试论王蒙小说创作的转型历程 霍巧莲 《聊城大学学报(社会科学版)》第2期

利弊权衡与调和艺术——关于王蒙自传的批评 余开伟 《扬子江评论》第2期

"躲避崇高"与"二元对立"思维的消解——论王蒙在"人文精神"论争中的意义 王平 《青海社会科学》第2期

王蒙文学批评的理性特征 杨丽贞 《牡丹江教育学院学报》第2期

论"季节"系列中王蒙的自我批判 李永建 《中国海洋大学学报(社会科学版)》第2期

以写作反抗"幻灭"与虚无——有感于《王蒙自传》 董之林 《中国海洋大学学报(社会科学版)》第2期

"文革"历史印记下的美国形象——王蒙"新大陆人"系列的形象学研究 伍依兰 《长江学术》第3期

政治文化与文学叙事的暧昧历史——重读王蒙"文革"前的小说 夏义生 《理论与创作》第3期

论王蒙青春体和后青春体小说中的年轻人形象 姜欣 《时代文学(下半月)》第3期

蝴蝶·桥梁·界碑——论王蒙八十年代的精神现实 温奉桥 《当代作家评论》第3期

论《王蒙自传》的思想史意义 郭宝亮 《当代作家评论》第3期

在语言狂欢的背后——从《狂欢的季节》看王蒙言语反讽的误区 赵勇 《当代文坛》第4期

王蒙文论的时代特征及局限 蔺春华 《浙江传媒学院学报》第4期

故事的形而上:王蒙本体论诗学奥蕴 李家军、李御娇 《湖北民族学院学报(哲学社会科学版)》第5期

笑借青光看众生——王蒙小说《青狐》的后现代话语与笔法技巧的特殊组合 袁珍琴 《重庆文理学院学报(社会科学版)》第6期

王蒙与苏轼之比较——对王蒙五言绝句《东坡故居并朝云墓》的解读 丁

玉柱、牛玉芬、方伟 《佳木斯大学社会科学学报》第 6 期

论《春之声》的结构和意蕴 李春 《南阳师范学院学报》第 8 期

庄谐王蒙 赵鸿洁 《安徽文学（下半月）》第 11 期

小说文体与意识形态的关系考辩——以王蒙意识流小说为例 周和军 《理论月刊》第 12 期

王蒙新时期小说语言运用探析 李春 《名作欣赏》第 12 期

谈《布礼》中的革命叙事 王爱侠 《文艺争鸣》第 12 期

倪吾诚与罗亭——王蒙小说的中外比较阅读 朱静宇 《文艺争鸣》第 12 期

有意味的"改写"——读王蒙《岑寂的花园》 郭宝亮 《文艺报》2 月 23 日

2010 年

从伊犁走向世界——试论新疆对王蒙的影响 温奉桥、温凤霞 《中国海洋大学学报（社会科学版）》第 1 期

中国现代小说新形式创造中的郭沫若与王蒙 曾绍祥 《郭沫若学刊》第 1 期

从《春之声》看王蒙的意识流和西方意识流的差异 柳高峰 《时代文学（下半月）》第 1 期

文学描述与文化记忆——读王蒙新疆题材作品有感 艾克拜尔·米吉提 《伊犁师范学院学报（社会科学版）》第 1 期

历史的反思与接续——析王蒙《活动变人形》 梁盼盼 《广西教育学院学报》第 1 期

论王蒙 20 世纪 80 年代文学批评与小说创作之间的矛盾 张睿 《牡丹江师范学院学报（哲学社会科学版）》第 1 期

后革命时代的焦虑——历史语境中的《组织部新来的青年人》及其论争 徐刚、徐勇 《海南师范大学学报（社会科学版）》第 1 期

探讨王蒙研究的学术理路 朱寿桐 《理论学刊》第 1 期

言论自由与言论贬值——我不仅批评王蒙先生 刘晓林 《观察与思考》第 1 期

新神话的寓意——读王蒙的《神鸟》 何光顺 《海南师范大学学报（社会

科学版)》第3期

《王蒙自传》中的王蒙　薛永武　《海南师范大学学报(社会科学版)》第3期

半生多事写大块文章——王蒙意识流小说形式实验的意味探究　杨方勇　《安徽文学(下半月)》第3期

王蒙"拟启示录"写作中的谐拟和"荒诞的笑"　〔斯洛伐克〕马利安·高利克　《汉语言文学研究》第3期

王蒙《活动变人形》中静珍形象的精神分析　彭平平　《文学界(理论版)》第3期

如何准确理解老子的"道法自然"？——兼评王蒙先生《老子的帮助》和《老子十八讲》　高秀昌　《中国图书评论》第4期

精神还乡与创作转向——重读王蒙的系列小说《在伊犁》　夏义生　《中国文学研究》第4期

1980年代以来幽默小说作家心态探析　张惠苑　《江汉大学学报(人文科学版)》第5期

革命知识分子及其信仰的文学表述——重读王蒙的《蝴蝶》　杨丹丹　《海南师范大学学报(社会科学版)》第5期

思维的精灵——再论思想家王蒙　张学正　《中国海洋大学学报(社会科学版)》第5期

从革命中剔发人性：王蒙《失态的季节》论　张岩泉、张艳红　《小说评论》第5期

王蒙的文学观和文学生态观　张志平　《文艺理论研究》第6期

父子之情与国家公义——王蒙小说中"大义灭亲"的故事原型及意义阐释　孙先科　《河南大学学报(社会科学版)》第6期

王蒙文学批评情感与理智探微　袁亮　《大众文艺》第8期

年轻人的真诚热情与世事洞明——重读王蒙的《组织部来了个年轻人》　魏洪丘　《名作欣赏》第9期

论王蒙笔下女性形象的悲剧性存在　赵婷婷　《文学界(理论版)》第9期

一部"讲真话"的作家自传——《王蒙自传2·大块文章》解读　王军君　《理论界》第10期

沉痛的狂欢——王蒙对文革叙事方式的模拟与反讽　赵燕梅　《大众文艺》第 11 期

"意识流"的来路及改造——《风筝飘带》与《灾星》的对读　朱静宇　《文艺争鸣》第 19 期

《庄子的享受》的享受　房福贤　《文艺争鸣》第 19 期

2011 年

又读《春之声》　汪政　《名作欣赏》第 1 期

倪吾诚：文化与政治革命的双重"零余者"——重读王蒙的《活动变人形》　夏义生　《当代文坛》第 1 期

王蒙小说语言的情绪表现　范正雨　《湖北师范学院学报（哲学社会科学版）》第 1 期

追问意义的"言说"——论王蒙的季节系列小说　刘东玲　《理论与创作》第 1 期

关于王蒙与稀粥的随想——编余琐忆之九　徐兆淮　《扬子江评论》第 1 期

王蒙对米兰·昆德拉的承继与创新——以《一嚏千娇》为例　朱静宇　《中国比较文学》第 1 期

感性的抗争——从王蒙《神鸟》看现代艺术的他在　何光顺　《郑州大学学报（哲学社会科学版）》第 1 期

王蒙小说与伊犁文化　陈柏中　《伊犁师范学院学报（社会科学版）》第 1 期

王蒙对于新疆文学的意义　夏冠洲　《伊犁师范学院学报（社会科学版）》第 1 期

意识流文学东方化的里程碑——王蒙　陈斌、王琴　《牡丹江大学学报》第 2 期

王蒙的翻译活动及其语言才华　宋炳辉　《扬子江评论》第 2 期

人生何处得逍遥——从《庄子的享受》看王蒙的"自由人格"　李雪　《东吴学术》第 2 期

心灵与言辞——王蒙、张承志新疆经验书写比较　杨秀明　《伊犁师范学院学报（社会科学版）》第 2 期

论王蒙、从维熙与浩然的自传写作　房福贤　《中国现代文学研究丛刊》第 2 期

白先勇与王蒙意识流小说之比较　李振　《安徽文学(下半月)》第 2 期

王蒙与伊犁——论知识分子的边地经验和心路历程　李卓　《伊犁师范学院学报(社会科学版)》第 3 期

荒诞的意味与双面的色调——对《夜的眼》《布礼》等小说的再解读　晋海学　《晋阳学刊》第 3 期

历史"开裂"处的理性叙述——重读王蒙的《蝴蝶》　温奉桥、陈金波　《理论与创作》第 3 期

《这边风景》:主题先行与叙事的分裂——兼论王蒙"文革"后期的创作　夏义生　《南方文坛》第 4 期

评《王蒙文艺思想论稿》　朱德发　《东方论坛》第 4 期

编辑书简:致王蒙——关于《活动变人形》　谢明清　《新文学史料》第 4 期

何谓知识分子从萨义德的《知识分子论》到中国作家王蒙的《青狐》　李嘉慧　《上海文化》第 5 期

杂色的美——从《杂色》看王蒙新时期的小说创作　陈洪英　《北方文学(下半月)》第 5 期

王蒙与庄子　樊星　《广州大学学报(社会科学版)》第 5 期

王蒙"古典解读系列"的文学解读　房福贤　《齐鲁学刊》第 5 期

"青春物语":王蒙小说侧论　陈俊　《江汉论坛》第 6 期

王蒙"季节"系列小说中的句类探析　胡翠莉　《鸡西大学学报》第 6 期

青春的交响——论王蒙 1950 年代小说的音乐性　祝欣　《南方文坛》第 6 期

约翰·契佛对王蒙新时期创作的影响　朱静宇　《文艺争鸣》第 7 期

问渠那得清如许为有源头活水来——探寻王蒙创作的欧美文学渊源　杨一　《北方文学(下半月)》第 8 期

"创新狂"的求新求变——王蒙小说风格析比　张娜　《乐山师范学院学报》第 9 期

和解的视角与姿态——王蒙小说叙事伦理新探　梁振华、吴楠　《中国现

代文学研究丛刊》第 9 期

心灵深处流出的歌——论王蒙小说对西方意识流手法的借鉴　孙莹　《鸡西大学学报》第 9 期

浅论王蒙与中国传统文化之关系——以《庄子的享受》为中心　徐仲佳　《文艺争鸣》第 11 期

青春与爱情的迷失——《青春万岁》《恋爱的季节》综论　徐青　《牡丹江大学学报》第 11 期

王蒙"季节"系列小说语言的艺术功能　李贞　《名作欣赏》第 20 期

2012 年

作为社会象征行为的"意识流"叙述——论王蒙的早期意识流创作　李海霞　《南方文坛》第 1 期

论《组织部新来的青年人》的隐形叙事　曹书文　《文艺争鸣》第 1 期

新疆汉语小说与地域文化——以王蒙、赵光鸣和董立勃为例　夏冠洲　《小说评论》第 1 期

秦兆阳与《组织部新来的青年人》——对一桩历史公案的再认识　韩彬　《山东师范大学学报（人文社会科学版）》第 1 期

戴着镣铐跳舞的"零余者"——论《活动变人形》中倪吾诚的精神取向　周琼　《安徽文学（下半月）》第 2 期

来自西部边地的人生感悟与文学体验——重读王蒙《在伊犁》系列小说兼谈其中的地域风格与民族色彩　张书群　《南都学坛》第 2 期

王蒙文艺思想的理论构成及当代评价　蔺春华　《中国文学研究》第 2 期

论王蒙小说对西方荒诞手法的借鉴　孙莹　《焦作大学学报》第 3 期

王蒙"季节"系列小说中的反讽和隐喻　胡桂红、张丽娜　《时代文学（下半月）》第 3 期

王蒙与艾特玛托夫——以《杂色》与《永别了,古利萨雷!》为例　朱静宇　《当代作家评论》第 3 期

醒客王蒙——读三卷本王蒙自传兼及其小说　王海燕　《安庆师范学院学报（社会科学版）》第 3 期

论王蒙五十年代小说中的青春文化心态　余竹平　《小说评论》第 3 期

谈庄享受,舞庄快活,思庄奔腾——王蒙与庄子之间跨越千年的交响曲

杨金芳、宋秀丽 《管子学刊》第 3 期

《组织部新来的青年人》的编辑学案分析 李频 《清华大学学报（哲学社会科学版）》第 4 期

鲁迅与王蒙比较漫议 高玉 《文艺争鸣》第 4 期

王蒙意识流小说创作成因探析 孙起华、步慧慧 《淮北师范大学学报（哲学社会科学版）》第 4 期

新疆经验与王蒙的小说创作 王玉、成湘丽 《小说评论》第 4 期

"季节"奏鸣套曲——论王蒙"季节"系列小说的音乐叙事 祝欣 《当代文坛》第 4 期

鉴赏与批评并举，体悟与活说贯通：王蒙的红学研究——当代学人的红学研究综论之十一 高淮生 《河南教育学院学报（哲学社会科学版）》第 5 期

共同的精神还乡 不同的生命原情——王蒙与红柯的新疆题材小说比较 雷鸣 《小说评论》第 5 期

论王蒙的维吾尔文化情结 时曙晖、巴图尔·买合苏提 《西北民族大学学报（哲学社会科学版）》第 5 期

无法触底的创伤记忆——从右派形象的嬗变探索王蒙创作的精神源流与归宿 王爱侠 《文史哲》第 5 期

浅谈王蒙小说中现代知识分子的精神形象 王锋 《芒种》第 6 期

时尚的王蒙 胡世宗 《鸭绿江》（下半月版）第 8 期

现实情怀与文体"探险"——王蒙短篇小说论 段崇轩 《海南师范大学学报（社会科学版）》第 10 期

王蒙的仕途与人生 陈涛 《人民文摘》第 10 期

覆灭的悲剧——论《活动变人形》中的女性形象 戴翠娥 《鸡西大学报》第 11 期

另类的喧嚣——从詈语中透视其文化意蕴 李婷 《青年文学家》第 17 期

王蒙"季节"系列的基本主题（一） 胡桂红 《芒种》第 22 期

王蒙"季节"系列的基本主题（二） 胡桂红 《芒种》第 24 期

2013 年

不可靠叙述中产生的价值解构——以王蒙的中篇小说《杂色》为例 辛玲

《太原师范学院学报(社会科学版)》第1期

由倪吾诚的语言审视20世纪的中国知识分子阶层——解读王蒙《活动变人形》中的倪吾诚形象　焦红梅　《名作欣赏》第3期

王蒙微型小说的接受语境分析　李娟　《乐山师范学院学报》第3期

浅析《活动变人形》中王蒙的审父意识　董亚钊　《宁波广播电视大学学报》第3期

比较视域下王蒙自传中的身份表征　周凌枫　《南昌大学学报(人文社会科学版)》第3期

《围城》与《活动变人形》幽默讽刺风格比较　牟文烨　《淮海工学院学报(人文社会科学版)》第3期

论小说家的《红楼梦》研究——基于鲁迅、张爱玲、王蒙、刘心武的考察　陈利娟　《新乡学院学报(社会科学版)》第4期

"王蒙现象"的文化寻思之文人身份的传统认同　费振华　《暨南学报(哲学社会科学版)》第4期

王蒙小说散论　〔俄〕谢·托罗普采夫、姜敏　《俄罗斯文艺》第4期

身份焦虑与认同——评《组织部新来的青年人》　刘翠爱　《牡丹江大学学报》第4期

政治无意识与二十世纪九十年代以后的王蒙小说创作　肖戈　《沈阳师范大学》第5期

重复与王蒙的政治絮语　王芳芳　《四川省干部函授学院学报》第5期

论王蒙的新疆叙事与少数民族文化的关系　首作帝　《克拉玛依学刊》第5期

论王蒙的少数民族叙事　蔺春华　《兰州大学学报(社会科学版)》第5期

一曲浓缩人生经历的艺术悲歌——王蒙《活动变人形》文本分析　胡云　《海南广播电视大学学报》第6期

王蒙和"文革"结束以来的文坛制衡格局　张志平　《社会科学》第7期

论王蒙小说象征的叙事形态　施军　《淮阴师范学院学报(哲学社会科学版)》第7期

放了一把火,再加一把柴　陈冲　《文学自由谈》第7期

王蒙《来劲》:一篇立体主义的小说　马云　《名作欣赏》第8期

王蒙的"理想主义者"身份　郝朝帅　《广东第二师范学院学报》第8期
畸形的王蒙《这边风景》　余开伟　《扬子江评论》第8期
王蒙,情系伊犁　王民斌　《伊犁师范学院学报(社会科学版)》第9期
王蒙《活动变人形》对启蒙的审视和反思　张丽凤　《江苏科技大学学报(社会科学版)》第9期
王蒙小说的哲学、数学与形式　杨义　《山东师范大学学报(人文社会科学版)》第9期
王蒙的意义与文学史的立场　冷川　《山东师范大学学报(人文社会科学版)》第9期
王蒙小说的叙事伦理——以王蒙的创作谈为中心　龙其林　《山东师范大学学报(人文社会科学版)》第9期
抒情与集体主义叙事的乌托邦——从小说《青春万岁》谈到其电影改编　李冰雁　《山东师范大学学报(人文社会科学版)》第9期
关于王蒙的《活动变人形》　黄惟群　《文学自由谈》第9期
王蒙意识流小说的语言变异与英译　张义　《辽宁工业大学学报(社会科学版)》第10期
《活动变人形》:"应该哲学"与"积极的痛苦"　李微　《名作欣赏》第11期
王蒙——永远的大青年　何建明　《艺术评论》第11期
瑶琴一曲来熏风——王蒙《红楼梦》研究断想　许霁　《绥化学院学报》第12期
王蒙中篇小说研究初探　李锦丹　《文化与传播》第12期

2014年

王蒙旧作新发的意义质疑　施津菊　《天津师范大学学报(社会科学版)》第1期
论王蒙意识流小说的现实关怀与世俗化内涵——兼论"人文精神论争"中的世俗化精神　张勇　《湖北理工学院学报(人文社会科学版)》第1期
中庸美:王蒙文学哲学的精髓　刘玉秋、周丽雯　《语文建设》第1期
沉郁雄浑的人生"中段"——评王蒙长篇小说《这边风景》　王春林　《当代作家评论》第1期
革命时代的生活与文学之美——《这边风景》简论　王金胜、段晓琳　《东

方论坛》第 2 期

历史的复活与复调　陈舒劼　《学术评论》第 2 期

王蒙长篇小说叙述的"杂色"化　高会敏　《名作欣赏》第 3 期

形上之维：王蒙诗学话语的本体论意味　李御娇　《湖北民族学院学报（哲学社会科学版）》第 3 期

现实主义的嬗变——王蒙意识流小说对汉语新文学的突破　叶凌宇　《江苏科技大学学报（社会科学版）》第 3 期

王蒙小说的青春情怀与青春书写　许会会　《西北师范大学》第 4 期

读《这边风景》三题　陈柏中　《南方文坛》第 5 期

论王蒙《这边风景》的矛盾叙事　郭宝亮　《小说评论》第 5 期

噤声时代的文学记忆——王蒙新作《这边风景》略论　温奉桥、李萌羽　《小说评论》第 5 期

双重文化视野下边疆乡土生活的深刻记述——再读王蒙写新疆"在伊犁"系列小说　何莲芳　《小说评论》第 5 期

论《在伊犁》系列小说中的声音世界　王晓霞　《海南广播电视大学学报》第 5 期

关于《青春万岁》出版的意义再阐释　黄淑菡　《名作欣赏》第 6 期

文学"心"解——王蒙文艺思想管见　温奉桥　《创作与评论》第 6 期

"寻找自我"——重探王蒙对"伤痕"的审视　潘文峰　《文艺争鸣》第 6 期

一个知识分子革命者的身份危机及其疑似化解——重读王蒙的中篇小说《蝴蝶》　陶东风　《文艺研究》第 8 期

转型期的突破与束缚——王蒙"集束手榴弹"重审　于慧芬　《名作欣赏》第 10 期

论王蒙《在伊犁》系列小说构筑的人物群像　张奇梅　《濮阳职业技术学院学报》第 10 期

论反思小说的政治向度——以张贤亮、王蒙作品为重心　吴道毅　《吉林大学社会科学学报》第 11 期

一个政治知识分子的非典型自叙传——王蒙《闷与狂》摭论　李钧　《齐鲁学刊》第 11 期

《闷与狂》的阅读感受及其辩难　石兴泽　《齐鲁学刊》第 11 期

话语的解放与潜能的释放——评王蒙最新长篇小说《闷与狂》 张光芒 《齐鲁学刊》第 11 期

文体的"朦胧"与修辞的狂欢——王蒙《闷与狂》散论 史建国 《齐鲁学刊》第 11 期

革命亲历者的历史体验与反思——论王蒙的"季节"系列小说 郭玉玲、于沐阳 《齐鲁学刊》第 11 期

王蒙的小说语言特征分析 刘红霞 《语文建设》第 11 期

一个革命者的忠诚危机及其"化解"——重读王蒙的《布礼》 陶东风 《文艺理论研究》第 11 期

王蒙文学的确定性与非确定性:关于《闷与狂》及其他 红孩 《博览群书》第 12 期

闲笔不"闲"与俗世中的诗意栖居 张波涛 《博览群书》第 12 期

论王蒙新疆叙事的文化记忆及其价值 陆兴忍 《2014 年中国西部文学与地域文化国际高端论坛论文集》

2015 年

在不同的探索之间——以新时期之初王蒙与宗璞的小说创作为观照对象 晋海学 《河南社会科学》第 1 期

王蒙的文学创作与在新疆十六年 袁文卓 《南方论刊》第 1 期

文化公共空间与王蒙文学创作——以"文革"前创作为例 夏义生 《小说评论》第 1 期

试论王蒙文学创作的"三重变奏"——以王蒙各个阶段的代表作品为例 袁文卓 《兰州教育学院学报》第 2 期

王蒙任教北京师院的日子 王景山 《新文学史料》第 2 期

形式探索的失据与精神犬儒——评王蒙长篇小说《闷与狂》 王春林 《南方文坛》第 3 期

读《这边风景》四题 陈柏中 《伊犁师范学院学报(社会科学版)》第 3 期

权力的表达、运作与想象——《组织部新来的青年人》及其他"逆流小说" 曹清华 《文艺理论研究》第 3 期

感恩行旅的热度与限度——20 世纪 80 年代王蒙小说中的新疆叙事 杨新刚 《石河子大学学报(哲学社会科学版)》第 4 期

隐喻的迷思——《蝴蝶》新论　温奉桥　《中国现代文学研究丛刊》第4期

杂质与灰色：生活的本相——王蒙《组织部新来的青年人》再解读　李松岳　《浙江海洋学院学报（人文科学版）》第4期

浅析王蒙《春之声》与乔伊斯《尤里西斯》　彭笑　《新西部（理论版）》第4期

论《蝴蝶》的思想超越与语言内省——一个历史的和解构主义的细读　张清华　《文艺研究》第6期

试论王蒙小说对"理想"的阐释——从《青春万岁》到《蝴蝶》　房存　《长春教育学院学报》第7期

周姜氏：天使还是魔鬼？——《活动变人形》中姜静珍形象新论　张波涛、温奉桥　《甘肃广播电视大学学报》第8期

蝴蝶性、少共情结重建与"另类"知识分子——以王蒙的《蝴蝶》为中心　康斌　《励耘学刊（文学卷）》第8期

现当代自传文学的嗣响与拓新——中国现当代自传文学进程中的《王蒙自传》　谢子元　《当代文坛》第9期

王蒙小说知识分子形象抽样分析　王莉娜　《齐齐哈尔大学学报（哲学社会科学版）》第9期

"踏遍新疆人未老，风景这边独好"——浅析王蒙小说《这边风景》中的少数民族同胞形象　袁文卓　《西昌学院学报（社会科学版）》第9期

王蒙"季节"系列小说中的"议论"　胡桂红、杨少青　《时代文学（下半月）》第9期

王蒙文学存在的文学史意义　朱寿桐　《中国现代文学研究丛刊》第10期

感觉的狂欢——《闷与狂》散论　温奉桥　《中国现代文学研究丛刊》第10期

政治语境中叙事矛盾与意义建构——王蒙小说《这边风景》文学价值的一种解读　张才刚　《小说评论》第11期

我们这代人的困惑与王蒙的文学思想　金春平、牛学智　《当代作家评论》第11期

回到"生活世界"——王蒙1980年代新疆小说片论　岳雯　《创作与评论》第12期

"沧桑的交响"——王蒙论　郭宝亮　《文艺争鸣》第12期

王蒙微型小说的语符语境阐释　李娟　《第三届国际语言传播学前沿论坛会议手册及论文集》

2016年

《这边风景》对"左"的处理及其多重旨趣　张波涛　《湖北文理学院学报》第1期

这边有色调浓郁的风景——评王蒙《这边风景》　雷达　《中国现代文学研究丛刊》第2期

民俗文化与美学价值的双重汇流——基于茅盾文学获奖作品《这边风景》的民俗文化探究　袁文卓　《西安石油大学学报（社会科学版）》第2期

试论王蒙新疆叙事的土地情结——以《在伊犁》为考察中心　雷晓斌　《学术评论》第2期

一部形象大于思想的杰作——重评《组织部新来的青年人》　王福湘　《中北大学学报（社会科学版）》第2期

2005年到2015年《组织部来了个年轻人》研究综述　杨玉莹　《名作欣赏》第3期

浅谈王蒙小说《春之声》的音乐性与诗性　曾守群　《课程教育研究》第3期

现代以来文学与时代关系之考察——由王蒙《文学：失却轰动效应以后》想开去　龚自强　《山西师大学报（社会科学版）》第3期

王蒙五十年代小说创作的审美浪漫主义解读　石兴泽　《齐鲁学刊》第3期

评王蒙新作《奇葩奇葩处处哀》　杨一　《当代作家评论》第3期

从意识流看王蒙的"沉默"和政治情怀——读《海的梦》兼论王蒙新时期意识流作品　王学森　《海南师范大学学报（社会科学版）》第3期

历史遗迹、写作"中段"与自我辩护——王蒙《这边风景》读札　方岩　《名作欣赏》第4期

风景这边，民俗风情——论王蒙长篇小说《这边风景》中的民俗描写　王苗苗　《安康学院学报》第4期

"现代派的风筝"——王蒙论小说象征诗学　施军　《淮阴师范学院学报

（哲学社会科学版）》第 5 期

重识新疆文学及其当代意义——以闻捷、王蒙等人的新疆题材创作为中心　袁盛勇　《当代作家评论》第 5 期

王蒙小说中的维族底层女性形象解读——以"在伊犁"系列小说为例证　王晓隽　《齐鲁学刊》第 9 期

《组织部来了个年轻人》的"红楼笔法"　张波涛　《湖北文理学院学报》第 9 期

王蒙微型小说《探病》的语境差现象解析　张莹莹　《现代语文（语言研究版）》第 9 期

用书抚慰躁动的心灵——读王蒙新书《诗酒趁年华：王蒙谈读书与写作》　古滕客　《学习月刊》第 10 期

无所归依的"现代性"——论《活动变人形》的现代性批判　彭兴滔　《嘉兴学院学报》第 11 期

男权制度下的"魔女"形象——《活动变人形》的女性主义解读　周如艳　《濮阳职业技术学院学报》第 11 期

论王蒙《红楼梦》研究中的哲学思想　曹蓉　《宝鸡文理学院学报（社会科学版）》第 12 期

2017 年

官司已结思未了——重读《组织部来了个年轻人》　学正　《名作欣赏》第 1 期

王蒙小说的比喻艺术　董育宁、赵若彤　《太原师范学院学报（社会科学版）》第 1 期

论王蒙笔下新疆叙事的构建和意义　袁文卓　《创作与评论》第 1 期

王蒙 20 世纪 80 年代初小说的经典化问题研究　李倩　《语文教学通讯·D 刊》第 1 期

论王蒙新疆叙事的文化记忆及其价值　陆兴忍　《湖北大学学报（哲学社会科学版）》第 1 期

当代中国文学与文化研究的双重标本——王蒙作品的海外传播与研究　薛红云　《当代作家评论》第 1 期

小资产阶级的革命博弈——《恋爱的季节》的一种解读　彭超　《海南师

范大学学报(社会科学版)》第 2 期

从"革命凯歌"到"改革新声"——"新时期"与王蒙小说中的声音政治　刘欣玥、赵天成　《扬子江评论》第 2 期

重写青春与审视当下——论王蒙与朱天心的暮年叙事　吴学峰、方忠　《中国海洋大学学报(社会科学版)》第 3 期

王蒙作品的乌托邦式语言风格　张琳　《语文建设》第 3 期

王蒙文学作品中的公园、外国文学、音乐及语言——以《仉仉》为例　赵露　《湖北文理学院学报》第 3 期

王蒙小说文体政治论略　郭宝亮　《华中学术》第 3 期

荒诞感、哲理性与生活化——王蒙与卡夫卡两位作家的微型小说比较　祁婷　《写作(上旬刊)》第 4 期

论郁达夫与王蒙笔下的"零余者"形象——以《沉沦》中的"他"与倪吾诚为例　冯毓璇　《西安文理学院学报(社会科学版)》第 4 期

从毒草到绽放的鲜花——王蒙《组织部新来的青年人》评价变化反映的文学价值规律　王丽杰　《佳木斯职业学院学报》第 6 期

叙事角色"老王"的修辞阐释——读王蒙微型小说之《老王系列》　李娟　《平顶山学院学报》第 6 期

论王蒙意识流小说的东方审美意蕴　李怡君　《美与时代(下)》第 7 期

维吾尔文化对王蒙创作的影响　李嫔　《北方文学(下旬)》第 7 期

王蒙及其文艺思想　赵进　《文史杂志》第 9 期

论王蒙与张承志笔下的新疆叙事——以《你好,新疆》《相约来世,心的新疆》为考察中心　袁文卓　《武汉大学学报(人文科学版)》第 9 期

《青春万岁》:从小说到电影　温奉桥、王雪敏　《井冈山大学学报(社会科学版)》第 9 期

双重身份双重视角下的人生样态——论王蒙长篇小说《这边风景》　时曙晖　《伊犁师范学院学报(社会科学版)》第 9 期

《青春万岁》版本流变考释　温奉桥、王雪敏　《华中学术》第 9 期

2018 年

《人民文学》编辑理念与先锋小说的生成——以王蒙任主编(1983.08—1986.12)为考察中心　彭秀坤　《阜阳师范学院学报(社会科学版)》第

1 期

一个历史"跨界者"的形象"代言"——王蒙"自传性小说"中的自传形象与"代际"书写　孙先科　《文学评论》第 3 期

试论王蒙小说中的音乐　陈南先　《名作欣赏》第 4 期

王蒙作品在俄罗斯的翻译与研究　白杨　《燕山大学学报（哲学社会科学版）》第 5 期

王蒙的新疆美学——《这边风景》里的王蒙与新疆之一　温奉桥、李萌羽　《博览群书》第 7 期

客居作家的"本土"叙写——简析王蒙《在伊犁》系列小说的艺术特色　赵爽、夏雨　《名作欣赏》第 9 期

乌托邦、反乌托邦与历史主义——论人文精神讨论前后王蒙的思想姿态　杨希帅　《宁夏大学学报（人文社会科学版）》第 9 期

被遗忘的文学世界——《这边风景》与《在伊犁》的比照　时曙晖　《天中学刊》第 11 期

2019 年

当"钟亦成"再遇"灰影子"——王蒙与《你别无选择》《无主题变奏》的发表　赵天成　《文艺争鸣》第 2 期

王蒙的少年时代　赵天成　《传记文学》第 4 期

共和国的宝藏——王蒙的小说　龚自强　《传记文学》第 4 期

老王的故事——王蒙先生侧记　王安　《传记文学》第 4 期

青山未老——当代文学中的王蒙现象　陈德宏　《传记文学》第 4 期

王蒙：共和国的作家　本刊编辑部　《传记文学》第 4 期

精神分析批评视野下的《活动变人形》研究　廖应莉、严运桂　《镇江高专学报》第 4 期

时代的证词与自辩状——以《王蒙自传·九命七羊》为中心　王春林　《文艺评论》第 4 期

一个人的舞蹈——王蒙小说创作的一个维度　李萌羽、温奉桥　《南方文坛》第 5 期

1985：王蒙与《人民文学》　李萌羽、范开红　《当代作家评论》第 5 期

王蒙与鲁迅　白草　《当代作家评论》第 5 期

静拨生命之摆或超越生死之维——论王蒙小说新作《生死恋》　温奉桥、姜尚　《中国当代文学研究》第5期

论王蒙80年代长篇小说叙事文体的突破——以《活动变人形》为例　李怡茹　《吕梁学院学报》第6期

"水镜"历史中的爱情言说——评王蒙新作《生死恋》　田晓雨　《湖北工业职业技术学院学报》第6期

栖居在思中——论王蒙微型小说问句叙事修辞范式　李娟　《北华大学学报（社会科学版）》第7期

析王蒙长篇小说《活动变人形》中的"零余者"悲剧形象　陈虹睿　《沈阳农业大学学报（社会科学版）》第7期

绿邮乡愁——评王蒙中篇小说《邮事》　崔建飞　《中国当代文学研究》第7期

基于鲁迅小说中的女性形象谈王蒙笔下的女性形象发展　陈安平　《汉字文化》第9期

审视或体贴——再读王蒙的《活动变人形》　郜元宝　《小说评论》第9期

《青春万岁》里的青春觉醒——"重读红色经典"之四　徐刚　《博览群书》第10期

现实批判、浪漫书写与"人性循环"——对《组织部来了个年轻人》的一种理解与分析　王春林　《当代作家评论》第11期

镜像怀旧与情感结构的转型——再读王蒙"季节"系列　姜肖　《当代作家评论》第11期

论王蒙"季节"系列小说的时间美学　温奉桥、霰忠欣　《中国现代文学论丛》第11期

王蒙古体诗书写对中国传统诗学的继承　王晓隽　《中国现代文学论丛》第11期

"历史和解"与"意识融合"的文学史张力——当代文学史视野下的20世纪90年代王蒙小说创作　房伟　《人文杂志》第12期

漫话王蒙与《中国天机》及其他　徐兆淮　《扬子江评论》第12期

问世间情为何物——《生死恋》阅读笔记　陈柏中、楼友勤　《王蒙研究》第5辑，中国海洋大学出版社

"遐思"的野狐禅——重读王蒙的组诗《西藏的遐思》 王军君 《王蒙研究》第5辑,中国海洋大学出版社

一个小说家的心曲——读王蒙的旧体诗《秋兴》 胡健 《王蒙研究》第5辑,中国海洋大学出版社

青山未老——论当代文学中的"王蒙现象" 陈德宏 《王蒙研究》第5辑,中国海洋大学出版社

王蒙创作的"加速度"及其在全球化语境下的世界意义 陈德宏 《王蒙研究》第5辑,中国海洋大学出版社

当代文学史视阈下的主体性探索——浅析王蒙《活动变人形》与《青狐》 姜尚 《王蒙研究》第5辑,中国海洋大学出版社

论王蒙80年代小说的诗化特色 祁昭昭 《王蒙研究》第5辑,中国海洋大学出版社

流淌在音乐中的小说——试论王蒙《如歌的行板》 徐君岭 《王蒙研究》第5辑,中国海洋大学出版社

略论王蒙小说创作与欧美现代主义文学 杨笑 《王蒙研究》第5辑,中国海洋大学出版社

2020年

王蒙:永不褪色的青春记忆 陈耀辉 《文艺争鸣》第1期

王蒙小说女性人物群像概览 郜元宝 《浙江社会科学》第2期

从"逍遥游"到"受难记"——论王蒙20世纪八九十年代小说中的新疆经验书写 黄珊 《文艺争鸣》第2期

跨文体写作:论王蒙系列小说《在伊犁——淡灰色的眼珠》 姚新勇、邓永江 《民族文学研究》第3期

论王蒙小说的青春元素——以"老六篇"系列小说为例 于静静 《兰州教育学院学报》第3期

宏阔历史帷幕下个体生命之谜的天问 郭宝亮 《天津师范大学学报(社会科学版)》第3期

意识流在中国的变异研究——以《春之声》为例 邓婷婷 《重庆电子工程职业学院学报》第4期

生活与革命的辩证法——《青春万岁》与王蒙早期小说的思想主题 金浪

《文艺争鸣》第 4 期

带着飘带的风筝:物质与精神之间的"个人性"——重读王蒙的《风筝飘带》　张颐武　《北京文学(精彩阅读)》第 6 期

"纯粹"与"杂色"的变奏——重读《青春万岁》　金理　《文学评论》第 7 期

"反思文学":如何反思？如何可能？——重读《绿化树》《蝴蝶》　王侃　《扬子江文学评论》第 7 期

浅谈王蒙近年来小说创作的新探索　郭宝亮　《当代作家评论》第 9 期

父与子的启蒙和革命——读王蒙《活动变人形》　刘振　《当代作家评论》第 9 期

语言的"乌托邦"、震惊体验和自由的政治经济学内涵——关于王蒙的《笑的风》　徐勇　《艺术评论》第 11 期

对女性声音与女性主体性的再思考——论王蒙小说《笑的风》中的女性形象　蔡郁婉　《艺术评论》第 11 期

新媒体文学语境中的"观看"方式——关于王蒙《红楼梦》评点的传播学视角　闵虹　《河南教育学院学报(哲学社会科学版)》第 11 期

王蒙《这边风景》的民族志书写　秦俊明　《新疆财经大学学报》第 12 期

史诗、知识性与"返本"式写作——王蒙《笑的风》札论　温奉桥　《光明日报》5 月 20 日

兴来洒素壁,挥笔如流星——评王蒙长篇小说新作《笑的风》　孟繁华　《解放军报》6 月 10 日

《笑的风》:晕眩的奇幻之旅　邢斌　《文学报》7 月 4 日

饕餮季节的爱情书写——读王蒙先生新作《笑的风》随想　卜键　《人民政协报》7 月 6 日

王蒙长篇小说《笑的风》:笑看历史 依旧青春　贺绍俊　《文艺报》7 月 8 日

王蒙的《笑的风》:假如生活欺骗了你　王干　《文艺报》7 月 27 日

人生活与时代史诗的交响——王蒙《笑的风》的几种解法　龚自强　《中国艺术报》7 月 31 日

一份"轻盈"的礼物——读王蒙《笑的风》　霰忠欣　《王蒙研究》第 6 辑,中国海洋大学出版社

后改革时代看乡土中国现代性之路——论王蒙新作《笑的风》 郑晗磊 《王蒙研究》第6辑,中国海洋大学出版社

生命的诗意,自由的朕兆——评王蒙长篇新作《笑的风》 李旭斌 《王蒙研究》第6辑,中国海洋大学出版社

一曲春情笑的风——评王蒙长篇新作《笑的风》 孟亮 《王蒙研究》第6辑,中国海洋大学出版社

王蒙的书在俄罗斯出版的情况 〔俄〕托洛普采夫 《王蒙研究》第6辑,中国海洋大学出版社

论影响王蒙创作的外部因素 张宇 《王蒙研究》第6辑,中国海洋大学出版社

以"父"之名——论《青春万岁》中"父亲"形象的解构与重塑 王洁 《王蒙研究》第6辑,中国海洋大学出版社

巢归——论王蒙《生死恋》中的精神向度 孙荣 《王蒙研究》第6辑,中国海洋大学出版社

王蒙创作的独特性及其文学史意义 段晓琳 《王蒙研究》第6辑,中国海洋大学出版社

2021年

主体认同、个人史与生命的辩证法——论王蒙新作《笑的风》 李萌羽、常鹏飞 《当代作家评论》第1期

另类"老年写作"·超文本·精神反刍·迟到的主题翻转——读王蒙长篇新作《笑的风》 郜元宝 《当代作家评论》第1期

林震与刘世吾、韩常新精神性格新论——重读《组织部来了个年轻人》兼及"十七年"文学的复杂性 曹书文 《山东师范大学学报(社会科学版)》第1期

"王蒙风"与"鲁迅样"——谈王蒙系列小说《在伊犁》的"样式" 张生 《南方文坛》第3期

王蒙小说《青春万岁》版本研究 张睿颖 《中国当代文学研究》第3期

正典传统、空间美学与史诗品格——论王蒙《笑的风》等小说近作 李萌羽、温奉桥 《中国现代文学研究丛刊》第4期

诗意的栖居 浮躁的存在——王蒙新诗略论 王晓隽 《文学研究》第4期

王蒙与中国当代文学　李骞　《文学评论》第5期

小说与技术的共振——王蒙新时期小说视觉叙事与多维时空构建　耿传明、陈蕾　《山西大学学报(哲学社会科学版)》第7期

历史阴影·双重"自我"·代际悖论——重读王蒙《活动变人形》　顾奕俊　《上海文化》第7期

王蒙小说中知识分子忏悔话语的转变——以"季节"系列长篇小说为例　李旭斌　《唐山师范学院学报》第7期

童年记忆与王蒙的文学发生学　王春林　《中国现代文学论丛》第7期

王蒙小说《刻舟求剑》语境差探析　钟昆儿　《怀化学院学报》第8期

呼唤初心——论王蒙《组织部来了个年轻人》　闫铁红　《呼伦贝尔学院学报》第8期

西部文学中手艺人生活方式的叙事价值和意义——以路遥、王蒙、贾平凹作品的文学叙述为言说中心　王敏、蔺晓　《新疆大学学报(哲学·人文社会科学版)》第9期

王蒙小说女性人物群像分析　尉文莹　《名作欣赏》第9期

青年、革命与社会主义治理探索——以《组织部新来的青年人》为中心的考察　董丽敏　《文艺争鸣》第9期

"迷失"与"找寻"——评王蒙短篇小说《木箱深处的紫绸花服》　唐占钱、时曙晖　《百花》第10期

现代中国的杂糅半觉式典型——论话剧《活动变人形》中的人物形象　王一川　《中国文艺评论》第10期

现实与浪漫交融的人民赞歌——评王蒙长篇小说《这边风景》　沙德克·艾克热木　《新疆艺术(汉文)》第10期

"组接"的游戏——符号学双轴关系视域下王蒙小说的先锋性试探　唐小林、张雪　《中国当代文学研究》第11期

论作为一种研究路径的地域文学——以王蒙、张承志、莫言以及阎连科等作家作品为分析核心　袁文卓　《广西社会科学》第11期

年轻党员的初心与组织化体验的焦虑——重读王蒙的《组织部新来的青年人》　许峰　《百家评论》第12期

王蒙晚年文化心态分析　王春林　《汉江论坛》3月15日

2022 年

王蒙文学批评的多元化及其前瞻性　李骞　《当代文坛》第 1 期

王蒙早期文学思想及其认知变迁探微——以《尹薇薇》改写事件为切入点　沈杏培　《文学评论》第 1 期

身体发现·历史重述·独语体小说——评王蒙最新长篇小说《猴儿与少年》　段晓琳　《中国当代文学研究》第 1 期

王蒙主编《人民文学》始末　张伯存　《当代作家评论》第 1 期

从"政治人"到"自由人":王蒙小说中"人"的变迁及其危机　沈杏培　《文艺理论研究》第 1 期

新疆民歌的三种诠释——再读王蒙小说《歌神》　杜一诺、时曙晖　《开封文化艺术职业学院学报》第 2 期

王蒙"在伊犁"系列小说中的农村基层干部群像阐释　王晓隽　《中国现代文学论丛》第 2 期

时代与命运的交响——读王蒙小说近作　温奉桥　《书屋》第 3 期

王蒙旧体诗中的"李商隐情结"　赵思运　《中国当代文学研究》第 3 期

"黄金时代"的叙事与抒情——评王蒙的长篇小说《笑的风》　吴义勤　《小说评论》第 3 期

白甜美的人物特殊性及《笑的风》的文学史意义——王蒙小说《笑的风》人物论之一　段晓琳　《小说评论》第 3 期

"青年"革命进行时——以王蒙《青春万岁》《组织部来了个年轻人》《恋爱的季节》为中心　梁爽　《小说评论》第 3 期

失意人的诗意语——论王蒙 20 世纪 60 年代旧体诗中的自我书写与精神逻辑　黄珊　《海南师范大学学报(社会科学版)》第 6 期

猴样少年咏叹调——评王蒙《猴儿与少年》　刘耀辉　《百家评论》第 6 期

双重叙事策略下的"知识分子"身份建构——以《蝴蝶》为中心的考察　陈文婷　《河南大学学报(社会科学版)》第 6 期

生命的诗意自由的朕兆——评王蒙长篇新作《笑的风》　李旭斌　《唐山师范学院学报》第 9 期

身体美学:王蒙《猴儿与少年》的艺术超越性　朱自强　《中国现代文学研究丛刊》第 10 期

语境差:王蒙微型小说的叙事策略　祝敏青　《修辞研究》第 10 期

地理之变与王蒙的叙述特色　陈露　《当代文坛》第 11 期

"新人"变奏曲——《组织部来了个年轻人》《布礼》人物形象读解　何向阳　《当代文坛》第 11 期

拉康精神分析视阈下的《活动变人形》倪吾诚形象　刘凡　《三角洲》第 11 期

论王蒙革命记忆书写的情感结构——对读《青春万岁》与《恋爱的季节》　韩旭东　《文学评论》第 11 期

"同一性"叙述的难题——再读王蒙《活动变人形》兼及批评的过程　姜肖　《小说评论》第 11 期

《活动变人形》与《百年孤独》中怨念之比较　尹变英　《小说评论》第 11 期

延宕与裂变——论王蒙《猴儿与少年》的空间叙事　霰忠欣、温奉桥　《中国现代文学论丛》第 11 期

表意的焦虑与文体策略——重读王蒙早期的"意识流"小说　黄珊　《中国现代文学论丛》第 11 期

浅析王蒙《活动变人形》中的悲剧形象　陈征帆、周冰心　《文化创新比较研究》第 12 期

人生是一场苍凉的梦魇——从舞台剧《活动变人形》探讨文学作品的戏剧改编　宋小杰　《大舞台》第 12 期

时代风雨与精神的踌躇——以王蒙《踌躇的季节》为中心　王春林　《吕梁学院学报》第 12 期

《青春万岁》的出版考论——兼及萧也牧与王蒙的来往关系　邵部　《文艺争鸣》第 12 期

灿烂诗心与如火激情——读王蒙长篇小说《猴儿与少年》　郭宝亮　《光明日报》1 月 19 日

新疆十六年:王蒙的"阿凡提时期"　赵天成　《王蒙研究》第 7 辑,青岛出版社

用笔思想的作家　爱与美的篇章——重读王蒙《在伊犁》系列小说　吴晓棠　《王蒙研究》第 7 辑,青岛出版社

《在伊犁》系列小说中的新疆民俗文化探析　阚亚楠、翟晓甜　《王蒙研究》第 7 辑,青岛出版社

"新人"变奏曲——王蒙《组织部来了个年轻人》《布礼》人物形象读解　何向阳　《王蒙研究》第 7 辑,青岛出版社

王蒙作品在疆 40 年译介及研究　吐尔逊·买买提、夏尔巴奴·吐尔逊　《王蒙研究》第 7 辑,青岛出版社

艰难的复归与丰富的即刻——王蒙新诗中关于时间的注解　霰忠欣　《王蒙研究》第 7 辑,青岛出版社

专著及合集

《中国当代文学研究资料:王蒙专集》　徐纪明、吴毅华编　贵州人民出版社 1984 年

《王蒙论》　曾镇南著　中国社会科学出版社 1987 年

《王蒙小说语言研究》　于根元、刘一玲著　大连出版社 1989 年

《王蒙的生活和文学道路》　丁玉柱著　黑龙江教育出版社 1994 年

《王蒙——"放逐"新疆十六年》　方蕤著　东方出版社 1995 年

《用笔思想的作家——王蒙》　夏冠洲著　新疆大学出版社 1996 年

《世纪之交的冲撞——王蒙现象争鸣录》　丁东、孙珉选编　《光明日报》出版社 1996 年

《王蒙与崔瑞芳》　王安著　中国社会出版社 1997 年

《我与王蒙》　方蕤著　广西教育出版社 1998 年

《王蒙小说语言论》　汪溟著　花山文艺出版社 1998 年

《解不开的革命情结——王蒙小说的思想轨迹》　吴三冬著　北京出版社、文津出版社 2002 年

《王蒙年谱》　曹玉如著　中国海洋大学出版社 2003 年

《王蒙简论》　丁玉柱著　中国海洋大学出版社 2003 年

《王蒙作品评论集萃》　崔建飞编　中国海洋大学出版社 2003 年

《走近王蒙》　李扬编　中国海洋大学出版社 2003 年

《王蒙评传》　贺兴安著　作家出版社 2004 年

《多维视野中的王蒙——第一届王蒙文学创作国际学术研讨会论文集》
温奉桥编 中国海洋大学出版社 2004 年
《王蒙小说文体研究》 郭宝亮著 北京大学出版社 2006 年
《王蒙旧体诗传》 丁玉柱著 中国海洋大学出版社 2006 年
《王蒙玄思录》 丁玉柱、张鹏著 青岛出版社 2007 年
《王蒙·革命·文学——王蒙文艺思想研究》 温奉桥编 人民文学出版社 2008 年
《王蒙传论》 於可训著 武汉大学出版社 2009 年
《王蒙研究资料》 宋炳辉、张毅编 天津人民出版社 2009 年
《理论与实践:〈王蒙自传〉研究》 温奉桥主编 中国海洋大学出版社 2009 年
《王蒙文化人格论》 蔺春华著 中国社会科学出版社 2010 年
《老庄的流韵:王蒙与道家文化》 温奉桥主编 安徽教育出版社 2011 年
《王蒙文艺思想论稿》 温奉桥著 齐鲁书社 2012 年
《文学的记忆——王蒙〈这边风景〉评论专辑》 温奉桥主编 花城出版社 2014 年
《王蒙研究》(第 1—4 辑) 严家炎、温奉桥主编 中国海洋大学出版社 2014—2018 年
《论王蒙的文学存在》 朱寿桐著 南京大学出版社 2015 年
《一部小说与一个时代——〈组织部来了个年轻人〉》 温奉桥、张波涛编著 中国海洋大学出版社 2016 年
《王蒙论》 王春林著 作家出版社 2018 年
《王蒙十五讲》 温奉桥著 中国社会科学出版社 2019 年
《王蒙研究》(第 5、6 辑) 严家炎、温奉桥主编 中国海洋大学出版社 2019、2020 年
《生命与时代的交响——〈笑的风〉评论集》 温奉桥编 作家出版社 2021 年
《王蒙研究》(第 7 辑) 严家炎、温奉桥主编 青岛出版社 2022 年

学位论文

王蒙与新疆少数民族文化 刘金涛 华东师范大学博士 2000

王蒙小说论　朱爱瑜　安徽大学硕士 2003

王蒙当代文学批评研究　王鑫　辽宁大学硕士 2003

睿智的人生思考——王蒙简论　高雪梅　辽宁师范大学硕士 2003

王蒙小说文体研究　郭宝亮　北京师范大学博士 2004

王蒙新时期小说的杂语现象研究　林达洁　福建师范大学硕士 2004

眷顾与倾诉:王蒙"季节"系列长篇小说论　郝朝帅　湖南师范大学硕士 2004

艰险的历程:综论王蒙笔下几个重要知识分子形象　吴轮　湖南师范大学硕士 2004

论王蒙创作中的民间化倾向　呼双双　青岛大学硕士 2004

浅论王蒙作品的理想主义情结　张学森　山东大学硕士 2004

王蒙对西方意识流小说的接受与创新——兼论王蒙意识流小说对中国朝鲜族作家的影响　白松姬　延边大学硕士 2004

理想与焦虑的双重变奏:王蒙小说创作论　解松　安徽大学硕士 2005

论王蒙新时期小说的杂语叙述　郭秋荣　福建师范大学硕士 2005

历史与人生的交响:王蒙创作心理发展论　翟创全　南京师范大学硕士 2005

王蒙小说与苏俄文学　朱静宇　苏州大学博士 2005

飞过西域的蝴蝶——从王蒙的西部小说看维吾尔文化对其思想的影响　时曙晖　东北师范大学硕士 2006

另眼看王蒙——论道家思想对王蒙的影响　朱莹　湖南师范大学硕士 2006

一代革命知识分子的"历史现象学"与"精神现象学":王蒙"季节"系列的文化论析　张艳红　华中师范大学硕士 2006

王蒙文化人格论　蔺春华　兰州大学博士 2006

语言也狂欢——王蒙"季节"四部曲语言风格简论　孙立新　山东师范大学硕士 2006

风格便是探求——论王蒙的小说创作　李在武　山东师范大学硕士 2006

论王蒙小说青春叙事　周永刚　浙江大学硕士 2006

论王蒙的"狂欢体"创作——王蒙"季节"系列长篇小说研究　赵玉敏　浙

江大学硕士 2006

王蒙长篇小说创作论　韩丽　浙江大学硕士 2006

"王蒙现象"的文化寻思　费振华　中南大学硕士 2006

破茧而出的蝴蝶——论王蒙新时期之初小说创作　赵寰宇　东北师范大学硕士 2007

辛辣中的温情——王蒙杂文思想初探　周颖斌　福建师范大学硕士 2007

自我的寻觅：王蒙小说中自我认同模式的变化　洪小雁　海南大学硕士 2007

精神自由与自我囚禁的搏斗——评王蒙长篇小说《青狐》　白素梅　河北师范大学硕士 2007

带着双轭的行走者——论王蒙小说中的革命知识分子形象　郭张彦　河南大学硕士 2007

王蒙小说与新时期文学话语流变　肖丽　湖南师范大学硕士 2007

王蒙小说青春主题研究　赵卫　聊城大学硕士 2007

王蒙新时期小说艺术论　王群　山东大学硕士 2007

想象和编码的政治——王蒙八十年代初期写作的现代性研究　余亮　上海大学硕士 2007

王蒙"荒诞"小说修辞研究　刘晓冬　西南交通大学硕士 2007

王蒙小说中的反讽及其文化解读　周春娟　中南大学硕士 2007

论王蒙"季节"系列小说的音乐性　段苏河　北京师范大学硕士 2008

论王蒙 1985 年后小说中的生命意识　蒋艳丽　湖南大学硕士 2008

鲁迅与王蒙关系论　霍虹　辽宁师范大学硕士 2008

中国当代小说艺术的"探险家"：王蒙创作自述与小说创作实践印证研究　杜梁　南昌大学硕士 2008

王蒙"季节"系列小说"同构并置"现象探析　张红　山东师范大学硕士 2008

从"热恋"到"狂欢"——王蒙的知识分子认同　高同纯　苏州大学硕士 2008

中国小说评点传统与王蒙《红楼梦》评点　丁桂奇　中国海洋大学硕士 2008

王蒙微型小说语境研究　李娟　福建师范大学硕士 2009

王蒙文学批评研究　王倩　河北大学硕士 2009

叙述的交响:王蒙的小说创作与音乐　祝欣　河南大学博士 2009

探秘"归来作家"的苦难记忆:以王蒙、张贤亮、从维熙、李国文、陆文夫为例　张瑜　华南师范大学硕士 2009

王蒙海外游记中的美国及欧洲形象　黄秀清　上海大学硕士 2009

温暖的生命认同和机智的真相叙述:《王蒙自传》研究　武秀强　上海外国语大学硕士 2009

王蒙小说流变与当代政治文化　夏义生　湖南师范大学博士 2010

王蒙与新疆　李卓　华东师范大学硕士 2010

从"娜斯嘉"到"林震":1950 年代初的青年文学阅读与王蒙的《组织部来了个年轻人》　成姿娴　华东师范大学硕士 2010

王蒙文学思想研究　蒋园园　淮北师范大学硕士 2010

王蒙文学批评研究　张睿　牡丹江师范学院硕士 2010

论王蒙笔下的知识分子形象　冯涛　辽宁大学硕士 2010

王蒙小说语言浅论　赵鸿洁　中国海洋大学硕士 2010

论王蒙的《红楼梦》研究　涂兴凤　中国海洋大学硕士 2010

王蒙"季节"系列小说的反讽叙事　管淑波　哈尔滨师范大学硕士 2011

王蒙小说理论研究　刘贤锋　湖北民族学院硕士 2011

杂色蝴蝶自在舞:论王蒙文学批评的道家思想　陈云林　牡丹江师范学院硕士 2011

王蒙的文学动机分析　李媛媛　南京大学硕士 2011

王蒙"季节"系列小说叙事论　白志坚　内蒙古师范大学硕士 2011

王蒙审美理想初论　程远　山东师范大学硕士 2001

王蒙散文研究　刘佩　山东师范大学硕士 2011

论处世:王蒙与老子　吴玉萍　上海交通大学硕士 2011

王蒙新疆题材创作研究　李苏文　新疆大学硕士 2011

论王蒙文学创作中的苏俄情结　卢兴梅　中国海洋大学硕士 2011

"士"与"仕":试论王蒙文化心态　仲佳丽　中国海洋大学硕士 2011

论新疆生活对王蒙及其创作的影响　汪丽慧　中国海洋大学硕士 2011

执着·反思·抉择:论王蒙理想主义的演变　宋玲　中国海洋大学硕士 2011

论王蒙小说的苦难叙事:以"季节"系列为例　齐晓敏　中国海洋大学硕士 2011

王蒙视野中的苏俄形象:以《苏联祭》为例　刘海花　中南大学硕士 2011

王蒙《成语新编》变异修辞研究　许睿婕　福建师范大学硕士 2012

"青狐"人物符号与《青狐》语言　董晓幸　福建师范大学硕士 2012

王蒙新世纪文学思想研究　郝利利　辽宁大学硕士 2012

论王蒙创作的精神内核　吴红波　内蒙古师范大学硕士 2012

论王蒙小说中的干部形象　郭超　四川师范大学硕士 2012

王蒙小说中的老干部形象　龙学家　西南大学硕士 2012

谱系学视野中的王蒙研究　陈金波　中国海洋大学硕士 2012

对王蒙的人才学解读　张宇　中国海洋大学硕士 2012

论王蒙小说中的女性形象　陈真真　中国海洋大学硕士 2012

论老庄思想对王蒙的影响　张海杰　中国海洋大学硕士 2012

新时期以来王蒙小说文体形式的演变及意义　颜娜　中国海洋大学硕士 2012

多维文化视野下的《活动变人形》　吴洪敏　中国海洋大学硕士 2012

影响·契合·创新——简论王蒙与庄子　周红燕　中国海洋大学硕士 2013

性别视角下王蒙长篇小说中的女性形象研究　戴翠娥　中国海洋大学硕士 2013

从王蒙小说看中国当代知识分子形象　宋秀丽　中国海洋大学硕士 2013

王蒙与俄苏文学之缘　张梦云　天津师范大学硕士 2013

青春的困惑与诘问——论《组织部新来的青年人》的"青年叙事"　刘翠爱　河北师范大学硕士 2013

政治无意识与二十世纪九十年代以后的王蒙小说创作　肖戈　沈阳师范大学硕士 2013

王蒙与俄苏文学之缘　张梦云　天津师范大学硕士 2013

王蒙文艺思想研究　丁倩　新疆大学硕士 2014

认同与嬗变——王蒙小说人物的身份解读　朱翠翠　中国海洋大学硕士 2014

王蒙小说文本的互文性研究　宋元　中国海洋大学硕士 2014

从符号学出发——王蒙创作中的粗话、饮食与梦研究　郭欣　中国海洋大学硕士 2014

王蒙小说的青春情怀与青春书写　许会会　西北师范大学硕士 2014

穿越时空之旅——《组织部来了个年轻人》传播与接受　何琴芳　华中师范大学硕士 2014

王蒙在俄罗斯的传播及其散文特点研究　萨雅娜　内蒙古大学硕士 2015

王蒙小说结构研究　闫永平　中国海洋大学硕士 2015

从单声到多声：王蒙小说叙述声音流变研究　胡舟航　湖北师范学院硕士 2015

王蒙长篇小说的"文革叙事"研究　王耀　浙江工业大学硕士 2016

王蒙——一个永不安于现状的文学探索者　王陈祯　贵州大学硕士 2016

王蒙小说中的新疆题材研究　袁文卓　喀什大学硕士 2016

从《青狐》看王蒙小说的创作转型　李鹏飞　辽宁大学硕士 2016

王蒙与《人民文学》　范开红　中国海洋大学硕士 2016

一元与多元：身份与红学研究——王蒙《红楼梦》研究新论　王丹丹　中国海洋大学硕士 2016

"中道"——论王蒙小说中的饮食文化精神　王婷婷　中国海洋大学硕士 2016

论王蒙《这边风景》中维吾尔民俗风情　邱洁薇　广东技术师范学院硕士 2017

王蒙"新疆书写"的流变研究　黄珊　湖南大学硕士 2017

王蒙小说的隐喻叙事意象及其主题建构　郭会芳　中国海洋大学硕士 2017

《青春万岁》版本研究　王雪敏　中国海洋大学硕士 2017

王蒙小说中的空间——以中短篇小说为例　张波涛　中国海洋大学硕士 2017

王蒙新世纪小说创作研究　李媖　江苏师范大学硕士 2018

王蒙长篇小说爱情叙事研究　程潇　中国海洋大学硕士 2018

王蒙散文主题与创作心态研究　马文聪　中国海洋大学硕士 2018

王蒙与五四文学简论　曲芳莹　中国海洋大学硕士 2018

王蒙与欧美现代主义文学　杨笑　中国海洋大学硕士 2018

王蒙新时期小说先锋意识研究　张君　中国海洋大学硕士 2018

王蒙小说青年形象研究　赵露　中国海洋大学硕士 2018

《这边风景》中的隐喻研究　程美馨　四川师范大学硕士 2019

王蒙新时期以来文学观研究　许任雪　辽宁大学硕士 2019

王蒙小说的现代性　马凯丽　陕西理工大学硕士 2019

王蒙新诗意象研究　霰忠欣　中国海洋大学硕士 2019

《王蒙学术文化随笔》(Ⅲ)翻译实践报告　苏小慈　青岛科技大学硕士 2019

《王蒙学术文化随笔》(Ⅳ)翻译实践报告　李贺　青岛科技大学硕士 2019

文学教育视野下王蒙八十年代小说研究　郝瑞瑞　山西师范大学硕士 2020

论《红楼梦》与王蒙小说创作——以"季节"系列为例　姜尚　中国海洋大学硕士 2020

论童年经验与王蒙的小说创作　祁昭昭　中国海洋大学硕士 2020

五十年代初期青年学生的感觉意识与思想转变　宁媛媛　中国社会科学院研究生院硕士 2021

王蒙散文集《人生即燃烧》(节选)汉韩翻译报告　朴有希　对外经济贸易大学硕士 2021

天马行空的生命证词　雷挥　华中师范大学硕士 2021

王蒙小说创作转型研究　谢为杰　四川师范大学硕士 2021

论王蒙的苏联形象　骆有兴　黑龙江省社会科学院硕士 2021

王蒙对鲁迅的继承与新变　卢世霞　中国海洋大学硕士 2021

王蒙小说的"家"-"国"叙事研究　汪瑞田　中国海洋大学硕士 2021

论王蒙新世纪小说的爱情书写　张曼莉　中国海洋大学硕士 2021

空间视域下的王蒙小说　郑晗磊　中国海洋大学硕士 2021

王蒙小说创作转型研究——以20世纪80年代为核心　谢为杰　四川师

范大学硕士 2021

王蒙小说的自叙传色彩研究　张薇　兰州大学硕士 2022

王蒙小说的叙事伦理研究　孙文荣　中国海洋大学硕士 2022

论王蒙小说的"曲式结构"与"音乐技法"　徐君岭　中国海洋大学硕士 2022

《青春万岁》接受研究　甘传永　中国海洋大学硕士 2022

王蒙小说理论对其创作的影响研究　贾儒亚　青岛大学硕士 2022

论王蒙短篇小说中的思想艺术张力　罗树成　山西大学硕士 2022

（附录资料提供：温奉桥、崔建飞、彭世团、张彬、武学良，国家图书馆、中国现代文学馆、中国海洋大学王蒙文学研究所等）

《人民艺术家·王蒙创作70年全稿》编辑说明

《人民艺术家·王蒙创作70年全稿》编辑了能够收集到的1948年到2022年期间的王蒙作品,逾2000万字,编为8编61卷(包括附录1卷)。包括长篇小说、中短篇小说、散文、诗歌、读书记、创作论、《红楼梦》及诸子经典研读、人生回顾、历史述论、演讲对话访谈等,内容极为丰富,风格非常鲜明,是人民艺术家王蒙为国家、为人民、为文学、为人生的写作生涯的全面总结和展示。

简要说明如下:

一、小说编

1. 第1至13卷为长篇小说。

2. 第14至20卷为中短篇小说、微型小说。第14卷《在伊犁》《新大陆人》为两部系列中短篇小说;其他中短篇小说和微型小说按体裁分卷,微型小说后附翻译小说。

二、诗文编

3. 第21至23卷为散文随笔,按内容大致分类,报告文学作品编在其中。

4. 第24卷为诗歌,包括新体诗、旧体诗、散文诗、译诗;关于李商隐诗的论文和谈论古典诗词的文章,编入本卷。

三、读论编

5. 第25卷为发表于《读书》杂志"欲读书结"专栏的文章。

6. 第26至28卷为与文学和写作有关的文章,按内容分为"综论""创作论""作家作品评论""序/跋""创作谈""自序/后记""文艺杂谈"。

四、红楼编

7. 第29至35卷为对《红楼梦》的研读、讲说、评点,关于《红楼梦》的文章和演讲分别附在相关卷后。

五、诸子编

8. 第36至45卷为对《老子》《庄子》《论语》《孟子》《列子》《荀子》等经典的阐释、讲说,相关文章分别附在卷后。

六、人生编

9. 第47至49卷为自传。第46卷《我的人生哲学》、第50卷《中国天机》、第51卷《天地人生》均归入此编。

七、讲谈编

10. 第52至54卷为演讲录,按内容分为"小说/文学""文化/修养"两部分。

11. 第55至58卷为对话录。第55卷为短对话,篇幅原因,《王蒙说(锵锵三人行)》《睡不着觉?》编在此卷;第56、57、58卷为长篇对话。

12. 第59卷为访谈录,按访谈内容大致分类。

八、代言编

13. 第60卷为代言、建言。代言为作者在《人民文学》杂志、中国作家协会、文化部、全国政协等机构任职期间以非个人身份发表的文章和言论;建言为在此期间及以后发表的建议性、建设性文章和言论。

九、附录

14. 第61卷为附录,包括迄于2022年的"王蒙大事记""王蒙著作要目""王蒙主要研究资料索引"。

十、编辑体例

15. 各卷文章原则上按发表或出版时间排序,"散文随笔""创作谈"中的个别篇目顺序按内容做了调整。一年中,刊物发表在先,报纸发表的、原载书中的依次在后,文末注出处,书末注初版时间。少数作品出处不完整,只注写作日期或年份。第24卷诗歌的出处较难查考,排序基本延续以前版本。

16. 演讲录大致按演讲时间排序,以题注说明演讲地。

17. 其他需要说明的具体问题,均见题注。

王蒙写作七十年,文章、著作可称浩繁。虽有2003年以来几次编辑出版的基础,此次各方又沿作者和专业人士提供的线索全力搜寻收集,仍难免遗漏之虞;收集到的文章、著作,又难免存在相同或不同题目之下,内容不同或重复、交叉的情况。编辑的原则是求全而避免重复,但可以用于搜集和甄辨的时间十分有限,不足之处,待作者与方家指正。

人民文学出版社编辑部
2023年8月

编　后　记

　　王蒙是一位富于历史使命感和政治责任感的作家。他的作品（不仅限于文学作品）直接、客观地反映中国当代的重大事件和各族人民的心路历程，以丰富的思想文化内涵、强烈的时代性、独特的艺术风格在读者中产生了广泛的影响。王蒙和他的作品在中国当代文学史乃至文化史、思想史、政治史上有其不可替代的位置；王蒙和他的作品，与新中国血肉相连、心气相通。

　　从 2003 年《王蒙文存》23 卷、2014 年《王蒙文集》45 卷、2020 年《王蒙文集（新版）》50 卷，到 2023 年《人民艺术家·王蒙创作 70 年全稿》61 卷（包括《附录》1 卷），二十年里，王蒙的作品几乎翻倍，他的写作不仅数量增加，更从文学扩展到对中华传统文化和典籍的阐释、对人生和历史的回溯，以及对社会现实生活的观照，等等；2015 年，他的以 20 世纪 70 年代新疆少数民族人民生活为题材的长篇小说《这边风景》获得茅盾文学奖；2019 年，他被授予"人民艺术家"国家荣誉称号。在这些辉煌的成就面前，他老当益壮、不止不休，依然激情洋溢、新作频仍，令人感佩。

　　自 1996 年开始做王蒙在人民文学出版社作品的责任编辑，在工作中获益良多。特别是四次编辑王蒙文集的工作经历，使我看到了一位才华横溢又异常勤奋、心怀热爱又肩负责任的作家是怎样把自己的一点一滴都奉献给读者、奉献给社会的。每一次面对这个大工程，必全神贯注，未敢懈怠；在几任社领导的关心和设计、排校、印制等相关部门同事的鼎力支持下,圆满竣工。

  《王蒙文存》以来的工作,得到了众多社外人士的帮助,这可以追溯到贺兴安、曹玉茹夫妇,温奉桥教授,王安、崔健飞、彭世团诸先生;此次编辑《人民艺术家·王蒙创作70年全稿》,又有温奉桥教授、郭宝亮教授,刘景琳、张彬、武学良诸先生,以及人民出版社、江苏出版社、广西师大出版社、浙江人民出版社、花城出版社等大力帮助。谨向他们和所有给予支持的个人和出版机构表示感谢。

杨柳
2023年8月